Sirène : oiseau de paradis mythique ou [illegible] de [illegible]

Elle cherchait des effleurements inoubliables
« Un coup d'aile » 71

COLLECTION FOLIO

Vladimir Nabokov

La Vénitienne

et autres nouvelles

PRÉCÉDÉ DE

Le rire et les rêves

ET DE

Bois laqué

Traduction du russe
de Bernard Kreise.
Traduction de l'anglais,
établissement du texte
et avant-propos
de Gilles Barbedette

Gallimard

Titres originaux des textes anglais :

Laughter and dreams
Painted Wood

Titres originaux des nouvelles russes :

Niéjit [Nežit]
Oudar kryla [Udar kryla]
Zvouki [Zvuki]
Govoriat po-rousski [Govorjat po-russki]
Bogi [Bogi]
Miest [Mest']
Blagost [Blagost']
Port [Port]
Draka [Draka]
Venetsianka [Venecianka]
Drakon [Drakon]
Britva [Britva]
Rojdestvienski rasskaz[1] [Roždestvenskij rasskaz]

1. Les noms russes sont donnés en translittération française et, entre crochets, dans la transcription internationale.

Vladimir Nabokov est né le 23 avril 1899 à saint-Pétersbourg, au 47 rue Morskaïa (actuellement rue Herzen), dans un milieu aristocratique libéral et anglophile. Fils aîné d'une famille de cinq enfants, Vladimir Nabokov bénéficie, avec ses frères et sœurs, d'une éducation trilingue. Ce trilinguisme de l'enfance sera déterminant pour son œuvre d'écrivain russe puis américain. L'auteur voyage au tout début du siècle en Europe avec ses parents, découvre la passion des lépidoptères et des échecs, le bonheur de vivre à proximité d'une « bibliothèque de dix mille ouvrages ». Entre 1911 et 1917, il suit les cours de l'Institut Ténichev à Saint-Pétersbourg, et sa première œuvre, un recueil de poèmes imprimé à cinq cents exemplaires, paraît à titre privé en 1916.

La Révolution de 1917 interrompt brutalement cette enfance idyllique. Le père de l'auteur, Vladimir Dmitriévitch Nabokov, éminent juriste et fils d'un ancien ministre de la Justice, était membre du Parti constitutionnel démocrate et de la première Douma de 1906 (le premier et éphémère parlement russe). Opposant déterminé au despotisme du tsar, il avait connu la prison en 1908. Au début de 1917, il fait partie du Gouvernement provisoire de Kérenski et de la nouvelle Assemblée constituante. La révolution d'Octobre contraint les Nabokov à se réfugier d'abord en Crimée. Le 15 avril 1919, la famille quitte définitivement la Russie à destination de Londres.

Entre 1919 et 1922, Vladimir Nabokov étudie les littératures russe et française à Cambridge (Trinity College). Son père, qui s'est installé à Berlin avec le reste de sa famille pour diriger avec Hessen le journal émigré *Roul,* est assassiné par des fascistes russes en mars 1922. C'est dans ce journal de Berlin, ainsi que dans les journaux russes émigrés de Paris, que Nabokov fait paraître des poèmes, des articles critiques, des traductions du français ou de l'anglais, puis ses premières nouvelles et des extraits de ses premiers romans.

A partir de 1923, avec la parution de sa traduction russe d'*Alice au pays des merveilles*, puis de ses propres romans, en particulier *La défense Loujine* (1930), *Chambre obscure* (1932), *La méprise* (1936) et surtout *Le don* (1937), Nabokov s'impose comme le plus exceptionnel romancier russe de son temps. Résident berlinois de 1922 à 1937, l'auteur, qui a épousé Véra Evséievna Slonim le 15 avril 1925, s'installe, pour fuir le nazisme, à Paris au début de 1937, où certains de ses livres ont déjà été traduits en français.

L'écrivain polyglotte, qui signait ses ouvrages russes du pseudonyme de Sirine, commence à se métamorphoser en un écrivain de langue anglaise. Après avoir traduit, non sans les remanier, deux de ses romans russes en anglais, *La méprise* qui devient *Despair* (Londres, 1937) puis *Chambre obscure* rebaptisé *Laughter in the Dark* (New York, 1938), Nabokov écrit à Paris en 1938 son premier roman de langue anglaise, *La vraie vie de Sebastian Knight,* qui paraîtra seulement en 1941, soit un an après son arrivée en Amérique, le 28 mai 1940. Toute l'œuvre romanesque de Nabokov sera désormais écrite en anglais.

Nommé professeur associé à Stanford University en 1941, il accepte ensuite un poste d'entomologiste au Museum of Comparative Zoology de Harvard, tout en donnant des conférences de littérature à Wellesley College. L'amitié et le soutien d'Edmund Wilson et de Mary McCarthy, puis des responsables du *New Yorker,* lui permettent d'acquérir une audience qu'il n'avait jamais espérée. Nommé professeur de littérature à Cornell University en 1948, il donne des conférences sur « les grands maîtres européens du roman », et cela jusqu'en 1959, un an après le succès de scandale de *Lolita* (publié d'abord en anglais à Paris, par Olympia Press, en 1955), qui lui permet de vivre de sa plume et fait découvrir une œuvre immense.

En 1961, il s'installe au Montreux Palace, en Suisse, où il écrira, en outre, ces chefs-d'œuvre que sont *Feu pâle* et le monumental *Ada,* publié à l'occasion de son soixante-dizième anniversaire. Maître d'œuvre d'une célèbre traduction anglaise d'*Eugène Onéguine* de Pouchkine, Nabokov a retraduit en anglais certains de ses romans et nouvelles russes, avec la collaboration de son fils, et poursuivi une carrière de lépidoptérologiste qui lui valut l'admiration de ses pairs. Ses collections sont, pour l'essentiel, conservées dans les musées de Cornell University, de Harvard et de Lausanne. L'auteur est mort le 2 juillet 1977 à Montreux.

AVANT-PROPOS

Treize nouvelles russes inédites de Vladimir Nabokov, précédées de deux essais de l'auteur sur l'art et la littérature, écrits en anglais au tout début de sa carrière d'écrivain et retrouvés récemment, composent ce recueil tout à fait exceptionnel qui jette un regard neuf sur la genèse d'une œuvre « bilingue » unique en son genre. L'éducation cosmopolite de Nabokov, les circonstances de l'exil et la formation anglaise de l'auteur à Cambridge, entre 1919 et 1922, expliquent sans doute la richesse des jeux littéraires et les « transferts » de langue permanents, du russe à l'anglais et, inversement, de l'anglais au russe. Nabokov n'avait pas attendu d'écrire, avec *Lolita,* l'un des plus beaux romans d'amour de ce siècle pour être considéré comme un écrivain américain à part entière. Dès l'achèvement de son plus grand roman russe, *Le don,* en 1937, lorsqu'il prend la décision irrévocable de ne plus écrire de fiction qu'en anglais, Nabokov compose, à Paris, deux ans avant son départ pour l'Amérique en mai 1940, son premier roman anglais

La vraie vie de Sebastian Knight. Et, déjà, il s'est habitué à sa nouvelle langue d'auteur, lorsqu'il fait paraître, à New York, en 1938, sa propre version anglaise de *Chambre obscure,* retraduit sous le titre de *Laughter in the Dark,* avec de nombreuses modifications, parce qu'il n'était pas satisfait d'une traduction de cet ouvrage paru en Angleterre en 1936. De même, il donne une version anglaise de *La méprise,* rebaptisée *Despair,* également en 1938. Cela dit, Nabokov n'a jamais cessé, dans la période américaine et suisse de sa vie, d'être un écrivain russe. Le simple fait d'avoir retraduit lui-même en russe ses Mémoires, *Autres rivages,* et *Lolita* qui l'avait rendu soudain célèbre, suffirait à conforter cette ambivalence profonde. Ainsi, on ne se doute pas, alors qu'il est plongé dans l'écriture de *Ada,* que Nabokov trouverait le temps de composer, en 1967, un ou deux poèmes dans sa langue maternelle[1].

Au fond, nous sommes obligés d'accepter la définition que donnait Nabokov pour décrire la place singulière qu'il occupe dans l'histoire des littératures russe et anglaise : « Je suis un écrivain américain, né en Russie et formé en Angleterre où j'ai étudié la littérature française avant de passer quinze ans en Allemagne[2]. » Et c'est dans ce contexte que les deux essais anglais réunis ici prennent toute leur impor-

1. Poème écrit en russe à Montreux (« S siéro siévéra ») et retraduit en anglais par Nabokov dans *Poems and Problems* (McGraw-Hill, 1970) sous le titre « From the Gray North ».

2. Entretien donné à *Playboy,* en 1964, publié dans *Intransigeances,* Julliard, 1985, p. 37.

tance. Hormis un article scientifique sur les papillons de Crimée, publié en février 1920 dans *The Entomologist* (« A few notes on Crimean Lepidoptera »), et deux poèmes anglais publiés en novembre 1920 — « Remembrance », publié dans *The English Review,* et « Home » donné au *Trinity Magazine* —, ces deux textes (« Laughter and dreams » et « Painted Wood ») publiés en anglais dans une brochure trilingue de cabaret russe, à Berlin au début de l'automne de 1923, soit juste un an après que Nabokov eut achevé ses études à Trinity College, sont ses tout premiers mots d'écrivain dans cette langue d'adoption ; et cela avant même que l'auteur ait entamé son œuvre russe, qui comprend, outre des poèmes, de très nombreuses nouvelles ainsi que neuf romans.

« Le rire et les rêves » et « Bois laqué » annoncent toute l'esthétique de l'œuvre future : le refus du réalisme, l'inquiétante et définitive nostalgie d'une Russie disparue, l'amour de Pouchkine et de Gogol, « ce génie du grotesque », le goût de l'étrange. Pour Nabokov, l'univers des formes et des couleurs n'est pas la propriété exclusive des peintres mais celle de tous les artistes, et en particulier des écrivains imaginatifs... ou bien des collectionneurs de papillons. Nabokov ne dit rien de la « réalité » des cabarets russes de Berlin, dans ces deux petits essais. Mais il s'interroge sur la signification de l'art et déclare trouver les traces de sa magie subtile jusque dans les phénomènes de la nature. Incroyable prémonition qui annonce cette phrase de l'autobiographie : « Je découvris dans la nature les plaisirs non utilitaires que je cherchais dans l'art[1]. »

Et lorsqu'il se demande, dans « Bois laqué », si « les couchers de soleil ont inventé Claude Lorrain ou bien si Claude Lorrain a inventé les couchers de soleil », on croit relire, presque à l'identique, ce qu'Oscar Wilde écrivait dans l'un de ses essais critiques (notamment *The decay of lying*) avec la remarque célèbre sur le paradoxe de « la Nature qui imite l'Art », renversant ainsi l'adage du « réalisme traditionnel » et du naturalisme en art. La parenté critique de la vision nabokovienne avec les réflexions critiques de James, Stevenson et surtout Wilde, n'en est que plus apparente, non seulement dans ces deux essais mais aussi dans les nouvelles russes inédites rassemblées dans ce volume.

Son premier texte de prose russe est en fait une nouvelle, publiée à Berlin en 1921, alors que l'auteur n'avait pas encore achevé ses études à Cambridge et obtenu son diplôme. « Le lutin » est un récit tout à fait significatif et symbolique de la démarche future de l'auteur. Dans ce monologue mélancolique, un esprit des forêts russes, à la fois sylvain et diablotin espiègle, se met à évoquer, dans la solitude de l'exil, les arbres d'une Russie devenue imaginaire et irréelle par la force des choses. Il annonce, en fait, le « romantisme magique » de Nabokov, son univers de petits personnages et d'elfes aériens, son « irréalisme » absolu. Nabokov, qui publie, en 1923, une traduction russe de l'*Alice au pays des merveilles* de

1. *Autres rivages,* Gallimard, 1961, et 1989 pour l'édition augmentée. A la fin du chapitre VI, p. 123.

Lewis Carroll, sait d'instinct où le portent ses goûts littéraires : vers le rêve, la fantaisie, l'impossible réconciliation avec l'air du temps. Déjà, Nabokov s'inscrit à contre-courant des modes et voit dans la littérature, non pas un langage de raison, mais une manière de sorcellerie. Les grands romans, dira-t-il plus tard, sont des contes de fées.

A ce titre, il est important de replacer dans leur contexte l'écriture de ces nouvelles, dont la force et la beauté rendent inadéquat le qualificatif de « textes de jeunesse » — vocable qui subodore trop le péjoratif même s'il décrit une période de l'existence. En dehors du « Lutin » et du « Conte de Noël », qui date de 1928, les onze autres nouvelles de ce recueil ont été écrites entre 1923 et 1924, soit la période de la traduction de l'*Alice* de Lewis Carroll, nabokovisée en russe en une belle *Ania.* L'année 1923 peut, en fait, marquer le véritable début de la carrière d'écrivain de Nabokov, qui n'est pas seulement limitée à la sphère russe, comme on vient de le rappeler. Outre de nombreuses traductions de textes français et anglais, Nabokov, avant de publier en 1926 *Machenka,* son premier roman, a écrit une grande quantité de nouvelles russes, mais aussi des pièces de théâtre (qui ont été rassemblées en 1984 sous le titre *L'homme de l'URSS et autres pièces* [1], avec une préface de Dmitri Nabokov) et, bien sûr, des poèmes. Il publie ainsi dans *Roul,* le journal de l'émigration russe de Berlin que son père avait contribué à fonder, une pièce de théâtre intitulée *Smiert (La mort),* le 14 mai 1923.

1. Fayard, 1987.

Parmi les nouvelles de ce volume, certaines sont restées totalement inédites, comme cette superbe « Vénitienne », dont l'étrange clin d'œil enchante et fascine littéralement l'un des personnages, et paraît évoquer davantage *Le portrait de Dorian Gray* qu'une Mona Lisa malicieuse. C'est l'histoire, située dans le cadre d'un château anglais, d'un « vrai-faux tableau », attribué à Sebastiano del Piombo, et qui trompe, par la seule magie de l'art, tous les protagonistes. Cette nouvelle est sans doute l'une des plus belles écrites par l'auteur avec « Printemps à Fialta » ou « Premier amour[1] ». Nabokov — on espère que ce volume le montrera de manière éloquente — n'était pas seulement un grand maître du roman mais aussi un formidable nouvelliste. En dehors des textes russes *totalement* inédits publiés ici (« La Vénitienne », « Bruits », « Ici on parle russe », « Le dragon »), certaines nouvelles avaient paru dans les journaux russes de Berlin et n'avaient jamais refait surface depuis. D'autres — c'est le cas de « Bonté » et du « Port » — avaient paru en revue, puis dans la première anthologie de nouvelles et de poèmes rassemblés par l'auteur en 1930, intitulée *Le retour de Tchorb*. A notre connaissance, toutes les autres nouvelles publiées par Nabokov dans les années vingt et trente (sans parler de celles qu'il écrivit en anglais en Amérique) ont été réunies dans les quatre volumes édités et traduits du russe avec la collaboration de son fils Dmitri Nabokov. Il s'agit d'*Une*

1. Réunies dans le volume *Mademoiselle O,* Julliard, 1982.

beauté russe, Mademoiselle O, Détails d'un coucher de soleil et *L'extermination des tyrans*[1].

Pendant sa période russe et les quinze années de son exil berlinois, Nabokov n'a cessé d'écrire des articles critiques, de publier des traductions, de parler aussi bien de Proust que de Rupert Brooke dans les colonnes de la presse émigrée. Que ce soit dans les pages de *Roul* ou de *Rousskoïé Ekho* à Berlin, ou, plus tard, dans celles de *Sovremmenye Zapiski* à Paris, Nabokov, qui n'est à l'époque que Vladimir « Sirine », s'est imposé très rapidement comme le génie en exil de la littérature russe. Dans les scènes berlinoises de plusieurs de ces nouvelles, les contours des paysages ou des personnages allemands restent délibérément flous. L'Allemagne de Nabokov de l'entre-deux-guerres n'est perçue que comme un lieu de transit peuplé d'exilés ou de personnages plus inquiétants encore. Dans « La bagarre » ou « Le rasoir », par exemple, Nabokov présente des personnages hostiles, cocasses ou grossiers qui choquent l'idée que se fait l'auteur des véritables civilisations, ces astres éteints ou bien menacés d'être engloutis par quelque sphinx incompréhensible. Toute la palette des registres utilisés par Nabokov dans son œuvre ultérieure est présente ici : satire du totalitarisme et de la perte de liberté, suspense policier, fantaisie en forme de fable morale dans « Le dragon ». Le côté gogolien de Nabokov,

1. Ces quatre volumes ont paru en France chez Julliard. On notera que la nouvelle « Mademoiselle O », publiée à Paris par Jean Paulhan dans la revue *Mesures* en 1936, est le seul texte de *prose* jamais écrit par Nabokov directement en français.

l'humour implacable et le goût inné du grotesque et des êtres monstrueux apparaissent également, de manière discrète mais toujours incisive. Les éléments autobiographiques ne sont pas non plus absents de ces textes. Ainsi dans « Un coup d'aile », superbement écrit sur le mode élégiaque d'une passion amoureuse impossible entre Kern, un jeune étudiant tenté par le suicide, et Isabelle, la femme convoitée qui meurt accidentellement à la fin de ce conte suisse, Nabokov évoque un voyage fait à Saint-Moritz à la fin de 1921 en compagnie de l'un de ses camarades d'université. L'amertume de l'exil est compensée par une poésie de la mémoire et par l'entomologie sensuelle des descriptions. On reconnaît au fil des pages le panthéon intime de Nabokov dans la littérature russe : Gogol, Tolstoï et Pouchkine (trois auteurs, du reste, cités de manière explicite dans ces textes).

Un romantisme à fleur de peau émane des situations tendues mises en scène par l'auteur, où surgissent toujours, comme pour arracher de l'oubli une nuance en péril, ou bien les rêves colorés des domaines et des forêts de l'enfance. Des anges, soudain, font vaciller la conscience des personnages. Un portrait de dame réussit à capter sur la surface de la toile le rêve d'un jeune homme trop amoureux et, peut-être, trop curieux. Puis, d'un coup de chiffon, tout rentre dans l'ordre. Dans ces nouvelles, Nabokov tente de saisir en plein vol des images, des sons et des voix cristallisés pour le seul plaisir des mots et qui représentent pour lui le seul moyen d'ignorer avec superbe la puissance temporelle du monde. D'où ce penchant pour l'invraisemblance délibérée d'un détail qui vient traverser ou clore un récit, et la méfiance instinctive à l'égard de l'Histoire dite « objective ». Nabokov préfère introduire un anachronisme, voire un trompe-l'œil, plutôt que rester le nez collé sur la vitre des événements. « L'exactitude est toujours morose, écrit-il dans " La Vénitienne ", et nos calendriers, où la vie du monde est calculée à l'avance, rappellent des programmes d'examen incontournables. » Et comment échapper à cet empire tyrannique sinon par la toute-puissance de la fiction qui, seule, en quelques mots, sait restaurer une émotion ou bien une idylle ancienne ? Au-delà des jeux métaphoriques subtils de ces nouvelles, une phrase, dans ce volume, peut servir d'introduction définitive à l'œuvre tout entière : « La pupille est comme une goutte d'encre sur du satin gris-bleu. »

GILLES BARBEDETTE

NOTE SUR L'ÉTABLISSEMENT DE CETTE ÉDITION

Nous avons choisi de séparer les textes anglais des nouvelles russes en deux parties distinctes et de ne retenir pour seule hiérarchie, dans la table des matières, que l'ordre chronologique. Chaque fois qu'il paraissait nécessaire pour la compréhension du lecteur d'apporter un éclaircissement sur un point de détail, une variante ou bien une allusion importante, nous avons choisi d'apporter ici ou là quelques notes. Toutes les informations éditoriales (dates de composition, de parution et origine des documents) sont indiquées en note, à la fin de chaque texte.

Nous tenons à remercier de leur concours amical et de leurs conseils précieux, d'abord Véra et Dmitri Nabokov, sans qui cet ouvrage eût été inconcevable, mais également Dieter Zimmer, responsable de l'édition allemande des œuvres complètes de Nabokov pour Rowohlt, et Brian Boyd, auteur d'une biographie monumentale de Vladimir Nabokov en deux volumes (Princeton University Press, 1990, et Chatto and Windus, 1990, en Angleterre), dont la publication en France est prévue aux Éditions Gallimard[1].

G. B.

1. En 1992, le premier tome de cette biographie est paru aux Éditions Gallimard sous le titre *Les années russes. (N.d.E.)*

PREMIÈRE PARTIE

Le rire et les rêves

L'Art est un miracle permanent, il est le magicien qui réussit, en additionnant deux plus deux, à obtenir cinq, ou bien un million, ou bien encore l'un de ces nombres gigantesques et fastueux qui hantent ou éblouissent un esprit délirant tenaillé par la torture d'un cauchemar mathématique[1]. L'Art s'empare des choses simples du monde pour leur donner des formes merveilleuses, il les abreuve de couleurs, créant des Madones à partir de jeunes fleuristes florentines et métamorphosant le léger babil des oiseaux et des ruisseaux en de puissantes symphonies. Des mots banals, nos rêves et nos soucis insignifiants, deviennent magiques sur scène, lorsque

1. Cette phrase semble un écho d'une remarque que Dostoïevski (mentionné par Nabokov dans le second paragraphe de ce texte) fait dire dans « Le souterrain » (« Zapiski iz podpolia »), 1re partie, chapitre IX, à un personnage : « J'admets que " deux fois deux : quatre " est une chose excellente, mais s'il faut tout louer, je vous dirai que " deux fois deux cinq " est aussi parfois une petite chose bien charmante » (traduction française *in* « Le sous-sol », Pléiade, 1956, p. 713).

l'Art, ce magicien lunatique, met du rouge sur les lèvres de la vie. Car l'Art sait bien qu'il n'est rien de si vulgaire ou d'absurde qui ne puisse s'épanouir dans la beauté avec une lumière appropriée, et l'Art russe, entre tous les autres, a su en apporter la preuve avec un rare bonheur.

Lorsque je dis cela, je ne pense pas à des écrivains comme Gogol, ce génie du grotesque qui savait déceler le secret d'une comédie sublime dans la mare boueuse d'une petite bourgade lugubre ou bien sous les traits bouffis d'un fonctionnaire de province ; et je ne pense pas davantage à l'errance inquiétante de Dostoïevski au royaume des êtres difformes et des fous. C'est une coulisse annexe du théâtre que je voudrais ici évoquer. L'âme russe possède la faculté de se régénérer dans différentes formes d'art, qu'elle sait trouver chez les autres nations ; c'est ainsi que le « cabaret » français (un lieu de rencontre des poètes, des acteurs et des artistes) a pu acquérir en Russie un parfum national distinct, sans rien perdre de sa légèreté et de son brillant. Le folklore, les chansons et les jouets ont été ressuscités comme par magie, produisant l'effet de surprise de ces courbes laquées et de ces taches hautes en couleur qui sont associées dans ma mémoire aux premières journées bleutées d'un printemps russe.

Oh, comme je m'en souviens de ce temps lointain — et de cette fête joyeuse, des Rameaux de « *Vierba*[1] », ce symbole vivant de l'allégresse frisson-

1. En russe, le mot « *vierba* » veut dire le « saule ». Et, par association, il permet de désigner le « Dimanche des Rameaux ».

nante de la terre ! Des bouquets humides de chatons au duvet gris perle ont été arrachés dans les saules de la région pour être vendus en ville, tout au long d'un boulevard où une double rangée de stands de bois a été montée spécialement à cette occasion. Entre ces étals coule un flot ininterrompu d'acheteurs, et la boue mauve et luisante qui glisse sous leurs pas est toute bigarrée des mouchetures de confettis épandus. Des camelots en tablier crient leurs marchandises — diablotins de coton épinglés sur un bouclier de carton-pâte, ballons rouges distendus qui explosent en poussant un couinement caractéristique, tubes de verre remplis d'alcool coloré et à l'intérieur desquels un lutin vert bouteille se met à danser lorsque l'on presse sur une membrane de caoutchouc située au-dessous. Et sur les stands, sous le goutte-à-goutte des bouleaux dorés qui dégoulinent et scintillent dans le soleil de mars, d'autres marchandises sont exposées — gaufrettes et loukoums, poissons rouges et canaris, chrysanthèmes artificiels, écureuils empaillés, chemises aux broderies de couleur criarde, ceintures d'étoffe et fichus, harmonicas et balalaïkas — et puis des jouets, des jouets, encore des jouets. Celui que je préférais entre tous était un jeu d'une douzaine de girondes « *babas*[1] » (ou paysannes) de bois, chacune étant légèrement plus petite que la suivante, et creuse à l'intérieur, si bien qu'elles pouvaient s'imbriquer l'une dans l'autre.

1. Nabokov emploie ce mot de « *babas* », pour qualifier les « poupées russes » appelées autrement « *matriochkas* ».

Oh, comme j'aimais aussi un jouet de deux figurines de bois sculpté, d'un ours et d'un paysan ! On pouvait leur faire heurter, chacune à tour de rôle, une petite enclume de bois située entre elles. Il y avait également de petites poupées ventrues aux couleurs vives, remplies de billes de plomb, si bien qu'aucune force terrestre ne pouvait les faire se coucher sur le côté — elles se redressaient toujours avec un brusque mouvement de balancier... Et au-dessus de ce spectacle roule un ciel d'un bleu éclatant, des toits mouillés brillent comme des miroirs, et le ding-dong doré des cloches se mêle aux cris perçants de la foire...

Cet univers de jouets, de couleurs et de rires — ou plutôt l'impression condensée de cet univers — a été magiquement recréé sur la scène des « cabarets russes ». Je n'ai évoqué la « *Vierba* » que pour montrer ce que j'entends exactement par la romance du folklore russe incarné par la surface lisse et la couleur brillante de ces jouets de bois. Ces jouets ont été inventés pour vivre et danser sur scène, l'Art a révélé l'âme de leurs coloris flamboyants. Mais ce n'est pas tout. Il y a encore une autre beauté plus profonde, un autre tour de magie dans l'âme la plus intime de la Russie. Le « cabaret » n'étant essentiellement qu'une variété artistique, une expression de tempéraments opposés, du rire et du rêve, du soleil et du crépuscule — cette autre forme de beauté a été également interprétée par l'Art. Car, si les coupoles et les toques de la Russie sont dotées de couleurs resplendissantes, il reste une autre facette de l'âme russe qui a été exprimée dans la peinture par

Lévitan[1] et en poésie par Pouchkine. C'est l'influence floue et mélancolique des chansons du pays — « les plus tendres de la terre » — comme l'a suggéré un poète anglais. Elles tintent, ces chansons, le long de routes isolées, et au coucher du soleil, près des rives des fleuves géants. Enfin, il y a l'étrange charme de la nuit nordique glissant comme un fantôme dans une ville imaginaire. Et sans doute plus profonde que toute chose dans l'intensité mystique de sa passion — il y a la mélodie des chants d'amour tsiganes.

Ainsi fait-on, tour à tour, rire et rêver le spectateur. Des soldats de bois, des poupées aux joues rubicondes, des moujiks pareils à des samovars barbus passent et repassent devant lui, puis il entend rouler une Romance au teint pâle avec des airs dédiés aux nuits blanches et aux contrées lointaines.

Et la vie, qu'est-elle donc, sinon un autre « cabaret » où les sourires et les larmes s'entrecroisent dans la trame d'un merveilleux tissu bariolé ?

VLADIMIR V. NABOKOFF[2]

1. Isaac Lévitan (1860-1900). L'un des grands peintres réalistes russes du XIXe siècle, auteur notamment de paysages de « bois de bouleaux » extrêmement célèbres.

2. Le titre original de cet essai est « Laughter and dreams ».

Bois laqué

Les papillons du Japon, splendides créatures empennées avec sur leurs ailes aux veines délicates des mouchetures et des ridules de couleur, paraissent toujours avoir pris leur envol en se détachant de la surface d'éventails ou de paravents japonais, de même que le volcan gris perle de ce pays semble avoir une perception aiguë de l'esquisse de son image. Et il y a dans les petites idoles de bronze obèses, dans leurs courbes sereines et leur rondeur orientale, un air particulier — qui évoque les gros poissons joufflus aux yeux ébahis en train de rêver dans le voile irisé d'un arc-en-ciel, fantômes étincelants d'une mer tropicale. C'est ainsi que l'art et la nature se confondent — et d'une manière si merveilleuse qu'il est difficile de dire par exemple si les couchers de soleil ont inventé Claude Lorrain ou bien si Claude Lorrain a inventé les couchers de soleil ! Ce qui m'étonne aussi, c'est le rapport qui existe entre les jouets russes en bois et les champignons, ou les fruits sauvages humides tout luisants que l'on trouve en abondance dans les profondeurs foisonnantes et sombres des forêts du Nord. Il me semble que le paysan russe s'imprègne inconsciemment de leurs irisations violettes, bleues ou écarlates et qu'il s'en souvient plus tard lorsqu'il sculpte et peint un jouet pour son enfant.

J'ai lu dans un livre qu'il y a plusieurs siècles existait un genre de faisan merveilleux[1] qui hantait les bois de la Russie : il a survécu sous le nom d'« oiseau de feu » dans les contes de fées et donné une partie de son éclat aux sculptures enchevêtrées qui ornent les toits des chaumières. Cet oiseau merveilleux a laissé une impression si forte dans l'imagination populaire que son envol doré est devenu l'âme même de l'Art russe ; le mysticisme a métamorphosé Séraphin en une nuée d'oiseaux à longue queue, aux yeux de rubis, avec des griffes d'or et des ailes inimaginables ; enfin, aucune autre nation au monde ne révère autant les plumes de paon et les girouettes.

Les airelles, les champignons rouges et un faisan désormais disparu ont conjugué leurs efforts pour accoucher d'une forme d'art particulièrement attrayante. Au début il y avait peut-être en elle une trace de génie, comme il y a du génie dans les superbes peintures d'animaux dessinées par un artiste de la préhistoire sur les murs de sa caverne — une caverne découverte au sud de la France. Et comparez un peu ces cerfs bondissants, ces buffles au

1. On notera ici une allusion au nom de plume choisi par l'auteur pour ses livres russes. « Sirine » est, en russe, un oiseau de paradis quasi mythologique ou bien une sorte de hibou.

pelage rouge esquissés délicatement dans des teintes ocre, noir et vermillon — comparez-les aux animaux banals que l'on peut voir dans les livres d'images modernes! Cette sous-espèce de l'homo sapiens savait combler de bonheur sa famille.

Un phénomène du même type s'est produit dans le cas de l'Art russe. Au fil des ans, et après de longues générations, les moujiks ont sculpté et peint des poupées, des boîtes, des gobelets et mille autres choses jusqu'au jour où l'image de départ qui riait et pétillait dans leurs têtes est devenue floue et lointaine, puisqu'ils estimaient inutile d'entretenir la petite lueur rouge de l'inspiration quand ils pouvaient se contenter de copier le travail de leurs prédécesseurs. C'est ainsi que la vie s'est retirée de cet art, ne laissant pour tout héritage que les courbes et les angles d'objets de bois laqué. Il est devenu légèrement « vulgaire » de décorer des maisons dans le style du pays, le « style-coq » comme on disait à cette époque — avec une moue de dédain. On se moquait tout bonnement de la façon de s'habiller à la russe — fichus brodés, ceintures, cuissardes, colliers de perles de verre et tout le reste. Les enfants russes préféraient les ours en peluche, les poupées de chiffon et les trains mécaniques à la peinture voyante de ces ridicules petits jouets de bois; personne n'eût imaginé ranger ses cigarettes ou ses travaux de couture dans l'une de ces boîtes laquées (avec, sur le couvercle, l'image d'une troïka) pour lesquelles un Anglais serait prêt à payer plusieurs livres sterling : oui, voilà ce qui était curieux.

Et puis, soudain, un vent sublime s'est mis à souffler, un vent joyeux et revigorant qui a fait sursauter le soleil et a propulsé en l'air des paquets de feuilles mortes semblables à de petits oiseaux pimpants... Les jouets de bois et les héros éteints des chansons russes se sont réveillés, ils se sont étirés et regardez ! Les voici de nouveau en train de rire et de danser avec un éclat renouvelé. Un homme qui se promènerait dans la rue d'une grande ville de pierre grise découvrirait soudain le nom de leur nouvelle patrie. « Théâtre, Cabaret russe ». Et si notre homme entrait, il resterait là, ébahi par les merveilleux tourbillons d'un art étranger. Merveilleux pour lui, pas pour nous. Nous nous sommes lassés de ces joujoux qui ne symbolisent pas l'idée que nous nous faisons vraiment de la Russie. Nous nous lançons des clins d'œil en coulisses tandis que l'étranger gobe le délicieux mensonge. L'Art est toujours un peu fourbe, et l'art russe en particulier.

Tout compte fait, il n'est pas très étonnant que les gens d'autres pays soient si attirés par la résurrection de nos poupées russes sur la scène du théâtre. Les cabarets parisiens feraient découvrir des poètes aux cheveux longs vêtus de vestes de velours et fredonnant d'une voix monocorde des poèmes magnifiques dédiés à des chats, des perroquets ou des pays tropicaux ; l'Italie s'adonnerait plutôt à la mode des sérénades et des concetti — l'Allemagne, quant à elle, connaît des élans d'humour simple et bourru — mais seul le « cabaret » russe possède le don de faire advenir les rêves les plus fous et de révéler d'incroyables panoramas remplis de silhouettes de danseurs grotesques.

V. Cantaboff[1]

1. Dans cet essai, intitulé « Painted Wood », Nabokov utilise une autre variante pour les trois noms de plume retenus par l'auteur dans les trois textes anglais publiés en 1923 à Berlin par la brochure de cabaret intitulée *Karrussel.* Pour le poème anglais, qui a pour titre « The Russian Song », Nabokov a adopté le pseudonyme avec lequel il signera la plupart de ses nouvelles et de ses romans russes : « Vladimir Sirine ». Nous préférons donner ici l'intégralité de ce poème anglais en note, pour ne pas rompre l'unité du recueil de nouvelles :

The Russian Song

I dream of simple things :
a moonlit road and tinkling bells.
Ah, drearily the coachboy sings,
but sadness into beauty swells ;

swells, and is lost in moonlight dim...
the singer sighs, and then the moon
full gently passes back to him
the quivering, unfinished tune.

In distant lands, on hill and plain,
thus do I dream, when nights are long, —
and memory gives back again
the whisper of that long — last song.

VLADIMIR SIRINE

Une édition en fac-similé des textes de cette brochure, retrouvée par Stella de Does, a été imprimée, avec une préface de Dmitri Nabokov, à 110 exemplaires en 1987, en Hollande, par l'éditeur Bram de Does, Spectatorpers, Aartswoud. La brochure originale avait été publiée à Berlin en 1923, dans une édition trilingue sous le titre *Karrussel, Carousal, Carrousel* (Theater Spielzeit, Zweites Heft, Berliner Kunstdruckerei, G.m.b.H Berlin W 35, Zossen).

DEUXIÈME PARTIE

Le lutin

J'ai distraitement dessiné à la plume l'ombre ronde et tremblante de l'encrier. Dans une lointaine pièce une horloge a sonné et il m'a semblé, moi qui suis un rêveur, qu'on frappait à la porte, d'abord tout doucement, puis de plus en plus fort ; quelqu'un a frappé douze fois de suite et s'est figé dans l'expectative.

« Oui... je suis là, entrez ! »

La poignée de la porte a grincé timidement, la flamme d'une bougie pleurnicharde s'est inclinée, et il a émergé du carré d'obscurité en se faufilant, plié, gris, couvert du givre d'une nuit glaciale et étoilée...

Je connaissais son visage ; ah ! il y a longtemps que je le connaissais.

Son œil droit était encore dans l'ombre, le gauche, allongé, vert cendré, me regardait craintivement ; et la pupille rougissait comme un point de rouille... Et cette touffe grise et moussue sur la tempe, ce sourcil blanc argenté, à peine visible, ce sillon amusant près de la bouche sans moustache, comme tout cela taquinait, ravivait confusément ma mémoire !

Je me suis levé ; il a fait un pas en avant.

Son piètre manteau n'était pas boutonné convenablement — comme celui d'une femme ; il tenait dans sa main un bonnet ; non, un balluchon sombre, mal noué — de bonnet, il n'en avait point...

Oui, je le connaissais, bien sûr, je l'avais même aimé sans doute, seulement voilà, je ne pouvais d'aucune façon me représenter où et quand nous nous étions rencontrés, et nous nous rencontrions certainement souvent, sinon je ne me serais pas souvenu si nettement de ces lèvres d'un rouge d'airelle, de ces oreilles pointues, de cette amusante pomme d'Adam...

Avec un grommellement de bienvenue, j'ai serré sa main légère et froide, j'ai poussé le dossier d'un fauteuil fatigué. Il s'est assis, comme une corneille sur une souche, et il s'est mis à parler précipitamment.

« J'ai si peur dans les rues. C'est pour ça que je suis passé. Je suis passé pour avoir de tes nouvelles. Tu me reconnais ? Nous avions l'habitude, quel que soit le jour, de folâtrer ensemble, de nous héler... Là-bas, au pays... Est-il possible que tu aies oublié ? »

Sa voix m'avait comme aveuglé, mes yeux papillotèrent, ma tête se mit à tourner ; je me souvins d'un bonheur retentissant, incommensurable, un bonheur irrévocable...

Non, ce n'est pas possible ! Je suis seul... Ce n'est qu'un délire fantasque ! Mais à côté de moi quelqu'un était véritablement assis, squelettique, absurde, avec des bottines allemandes à revers, et sa voix résonnait, bruissait, dorée, avec une verdeur sonore, familière, et ses paroles étaient tout aussi simples, humaines...

« Eh bien voilà ! tu t'en souviens... Oui, je suis le Sylvain d'antan, le lutin moqueur... J'ai dû m'enfuir... »

Il soupira profondément, et de nouveau je revis les nuages frémissants, les hautes vagues des frondaisons, les paillettes de l'écorce des bouleaux, telles des éclaboussures d'écume, et le grondement éternel et délicieux... Il s'est penché vers moi, m'a regardé tendrement dans les yeux.

« Tu te souviens de notre forêt, du sapin noir, du bouleau blanc ? On les a coupés... J'en ai éprouvé un regret insupportable ; je vois des bouleaux qui craquent, qui s'effondrent : mais comment les aider ? On m'a chassé dans les marais, je pleurais, je hurlais, je grognais comme un butor — et hop là ! je bondissais dans le bois le plus proche.

« J'étais plein de nostalgie là-bas ; je n'en finissais pas de sangloter... Dès que je m'habituais, je regardais, et voilà qu'il n'y avait plus de bois, seulement des cendres gris-bleu. Puis je dus reprendre mes errances. Je me suis trouvé une petite forêt, c'était une bonne petite forêt, épaisse, sombre et fraîche, mais ce n'était toujours pas ça... Il m'arrivait de jouer de l'aube au crépuscule : je sifflais comme un enragé, je frappais dans mes mains, j'effrayais les passants... Tu t'en souviens, toi aussi : un jour tu t'es égaré au fin fond de ma forêt, toi et une petite robe blanche ; moi, je faisais des nœuds avec les sentiers, je faisais tourner les troncs, je lançais des clins d'œil à travers les feuillages, toute la nuit je t'avais fait marcher... Mais je l'avais fait comme ça, seulement pour plaisanter, pour qu'on ne me dénigre pas pour rien... Mais là, je me suis tenu coi ; cette nouvelle demeure n'était pas des plus joyeuses... Jour et nuit, alentour, il y avait toujours quelque chose en train de crépiter. Tout d'abord j'ai pensé que c'était un de mes frères sylvains qui se divertissait ; je l'ai hélé, j'ai tendu l'oreille. Ça continuait de crépiter, de gronder : non, ce n'était pas notre façon à nous de faire. Une fois, à la tombée du soir, j'ai bondi dans une clairière ; je vois des gens couchés, les uns sur le dos, les autres sur leur bedaine. Bon, me suis-je dit, je vais les réveiller, les houspiller ! Je me suis mis à secouer les branches, à leur tirer dessus avec des pommes de pin, à faire du bruit, à brailler... Je me suis démené une bonne heure, pour rien du tout. Et quand j'ai regardé de plus près, je suis resté pétrifié. Certains avaient la tête qui ne tenait plus qu'à un fil rouge, d'autres, au lieu de ventre, avaient un tas de gros vers... Je ne l'ai pas supporté. Je me suis mis à hurler, j'ai bondi et j'ai pris la fuite...

« J'ai longtemps erré à travers de multiples forêts, mais je ne trouvais toujours pas un coin où vivre. Soit c'était la quiétude, le désert et un ennui mortel, soit une telle peur qu'il vaut mieux ne pas s'en souvenir ! Finalement, j'ai pris une décision : je suis allé avec le moujik, le vagabond qui porte sa besace, et je suis parti pour de bon : adieu, vieille Russie ! Et c'est alors que mon frère, le Génie des eaux, m'a donné un coup de main. Le pauvre, il se sauvait, lui aussi. Il n'arrêtait pas d'être ébaubi : cette nouvelle époque, disait-il, n'est que calamités. Et ce n'est rien de le dire ; il avait beau jadis folâtrer, en attirant les gens par exemple (il était vraiment très hospitalier), en revanche, comme il les choyait, comme il les caressait chez lui au fond des eaux dorées, avec quelles chansons il les charmait ! Mais aujourd'hui, a-t-il dit, il n'y a plus que des cadavres qui flottent, qui flottent par grappes, et on n'en voit pas la fin, l'eau des rivières est comme du sang épais, chaud et poisseux ; il n'est plus possible de respirer... Il m'a emmené. Lui-même, il s'en allait rouler sa bosse vers la mer lointaine, et il m'a déposé en chemin sur une petite berge embrumée : va-t'en, frère, trouve-toi un petit buisson. Je n'ai rien trouvé, et me voilà ici, dans cette ville en pierre, étrangère et effrayante. Et je suis devenu un homme, avec un petit col et des bottines, tout comme il faut ; j'ai même appris à parler comme eux... »

Il se tut. Ses yeux brillaient comme des feuilles humides, ses bras étaient croisés, et dans le reflet vacillant de la bougie qui fondait, apparaissaient étrangement, très étrangement ses cheveux blêmes coiffés à gauche.

« Je sais que tu as aussi de la nostalgie, tinta de nouveau sa voix claire, mais ta nostalgie, par rapport à la mienne — bouillonnante et venteuse —, n'est que la respiration régulière du dormeur. Songe un peu : personne de notre tribu n'est resté dans notre vieille Russie. Certains se sont évaporés comme le brouillard, d'autres sont partis cheminer à travers le monde. Les rivières du pays sont désolées, plus aucune main pétulante ne disperse les reflets éparpillés de la lune ; les clochettes — les anciennes cithares bleues du léger Esprit des champs, mon adversaire — qui, par hasard, n'ont pas été fauchées, sont orphelines, elles se taisent. Le Génie du foyer, affectueux et hirsute, a abandonné la maison flétrie, conspuée, les larmes aux yeux, et les petits bois ont dépéri, ces bois à la lumière attendrissante, aux ténèbres enchantées...

« C'est que nous sommes ton inspiration, Russie, ta beauté énigmatique, ton charme séculaire... Et nous sommes tous partis, partis et chassés par un arpenteur insensé.

« Mon ami, je vais bientôt mourir : dis-moi quelque chose, dis-moi que tu m'aimes, moi qui suis un esprit sans feu ni lieu, assieds-toi là, tout près, donne-moi ta main... »

La bougie s'éteignit dans un grésillement. Des doigts froids touchèrent ma main, un rire triste et familier résonna et se tut.

Quand j'allumai la lumière, il n'y avait plus personne dans le fauteuil... personne... Il y avait seulement dans la pièce une odeur merveilleuse et légère de bouleau et de mousse humide[1]...

1. Première parution le 7 janvier 1921, sous le titre russe « Niéjit », dans le numéro de Noël de *Roul,* à Berlin. La nouvelle fut publiée avec trois poèmes de Nabokov signés Vladimir Sirine. On notera que Nabokov était encore, à cette époque, à Trinity College, Cambridge, où il finissait ses études. Ce texte est, à notre connaissance, la toute première nouvelle russe écrite par l'auteur.

Un coup d'aile

1

Quand l'extrémité relevée d'un ski rencontre l'autre, on tombe en avant : une neige brûlante pénètre dans la manche et on a beaucoup de mal à se relever. Kern, qui ne skiait pas depuis longtemps, fut immédiatement en sueur. Pris d'un léger tournis, il ôta son bonnet de laine qui lui chatouillait les oreilles ; il secoua de ses paupières des étincelles humides.

L'atmosphère était gaie et bleu ciel devant l'hôtel aux six rangées de balcons. Les arbres décharnés se dressaient dans une auréole. Sur les épaules des hauteurs enneigées s'éparpillaient d'innombrables traces de skis, tels des cheveux ombrés. Et tout autour, une blancheur gigantesque filait vers le ciel et fusait librement dans le ciel.

Kern gravissait la pente en faisant grincer ses skis. Ayant remarqué la largeur de ses épaules, son profil chevalin et le lustre plein de santé de ses pommettes, l'Anglaise dont il avait fait connaissance la veille, le surlendemain de son arrivée, l'avait pris pour un compatriote. Isabelle — Isabelle volante, comme l'appelaient la foule des jeunes gens lisses et mats au style argentin qui étaient toujours fourrés derrière elle, dans la salle de bal de l'hôtel, sur les escaliers moelleux et les pentes neigeuses dans un pétillement de poussière étincelante... Sa silhouette était légère et vive ; la bouche si éclatante, qu'il semblait que le Créateur, ayant pris dans sa main du carmin chaud, avait saisi la partie inférieure de son visage dans sa paume. Dans ses yeux duveteux pointait un ricanement. Comme une aile, un peigne espagnol était pris dans une vague escarpée de cheveux noirs aux reflets satinés. C'est ainsi que l'avait vue Kern, la veille, quand le son assourdi du gong l'avait fait sortir de la chambre 35 pour aller déjeuner. Le fait qu'ils soient voisins, le numéro de sa chambre correspondant en plus au nombre de ses années, le fait que dans la salle à manger elle fût assise en face de lui à la longue table d'hôte — elle qui était grande et gaie, avec sa robe noire décolletée, un foulard de soie noire autour de son cou nu —, tout cela avait paru à Kern si éloquent que la nostalgie glauque qui pesait sur lui depuis six mois déjà s'éclaircit durant quelque temps.

Isabelle avait parlé la première, et il n'avait pas été surpris : dans cet immense hôtel qui brûlait solitairement dans un ravin au milieu des montagnes, la vie palpitait piano et leggero après les années mortes de la guerre ; de plus, tout lui était permis, à elle, Isabelle : le clin en biais de ses cils, le rire qui chantait dans sa voix quand elle avait dit en passant le cendrier à Kern : « Il me semble que nous sommes les seuls Anglais ici... » et qu'elle avait ajouté en arrondissant vers la table son épaule transparente prise dans un ruban noir : « Si l'on ne compte pas, bien entendu, la demi-douzaine de rombières, et ce type là-bas, avec son col mis à l'envers... »

Kern avait répondu :

« Vous vous trompez. Je suis sans patrie. Il est vrai que j'ai passé de nombreuses années à Londres. Et de plus... »

Le lendemain matin, il sentit soudain, après six mois d'indifférence quotidienne, comme il était agréable d'entrer dans le cône assourdissant d'une douche glacée. A neuf heures, après avoir pris un petit déjeuner solide et raisonnable, il fit grincer ses skis sur le sable roux dont était parsemé l'éclat nu de la petite route devant le perron de l'hôtel. Ayant gravi la pente neigeuse — en faisant des pas de canard, comme il se doit pour un skieur — il aperçut, au milieu des culottes à carreaux et des visages brûlants, Isabelle.

Elle le salua à l'anglaise, de l'esquisse d'un sourire. Ses skis ruisselaient d'un or olive. La neige enrobait les courroies compliquées qui tenaient ses pieds au bout de ses jambes puissantes, pas comme celles d'une femme, élancées dans leurs grosses bottes et leurs molletières ajustées. Une ombre mauve glissa derrière elle sur une bosse quand, après avoir mis avec désinvolture les mains dans les poches de son blouson de cuir et avoir légèrement placé en avant le ski gauche, elle fila en bas de la pente, de plus en plus vite, prise dans une écharpe flottant au vent, dans des ruissellements de poussière de neige. Ensuite, à pleine vitesse, elle tourna brusquement en pliant avec souplesse un genou, et elle se redressa pour filer plus loin, le long des sapins, le long de la surface turquoise de la patinoire. Deux adolescents en chandail bariolé et un célèbre sportif suédois, au visage de terre cuite et aux cheveux incolores tirés en arrière, filèrent à sa suite.

Kern la rencontra un peu plus tard, près de la petite route bleue sur laquelle surgissaient des gens dans un léger grondement — grenouilles en laine à plat ventre sur des luges. Isabelle fit scintiller ses skis, puis disparut après avoir tourné derrière un névé, et lorsque Kern, honteux de ses gestes maladroits, la rattrapa dans une combe molle, au milieu des branches enrobées d'argent, elle fit jouer ses doigts dans l'air et, en tapant ses skis, fila plus loin. Kern resta un moment dans les ombres mauves et soudain, comme une terreur familière, le silence souffla sur lui. Les dentelles des branches dans l'air émaillé se figeaient, comme dans un conte effrayant. Les arbres, les arabesques d'ombres, ses skis lui semblèrent des jouets étranges. Il sentit qu'il était fatigué, qu'il s'était écorché le talon et, en s'accrochant à des branches qui dépassaient, il rebroussa chemin. Des coureurs mécaniques flottaient sur la turquoise lisse. Au-delà, sur la pente neigeuse, le Suédois en terre cuite aidait un monsieur longiligne aux lunettes d'écaille à se remettre sur ses jambes. Celui-ci se débattait dans une poussière étincelante, tel un oiseau empoté. Comme une aile arrachée, un ski détaché du pied coula rapidement sur la pente.

De retour dans sa chambre, Kern se changea et quand les grondements assourdis du gong retentirent, il téléphona et commanda du rosbif froid, du raisin et une fiasque de chianti.

Il ressentait des courbatures lancinantes dans ses épaules et ses cuisses.

« Libre à moi de la poursuivre, songea-t-il avec un ricanement nasillard. Quelqu'un fixe à ses pieds une paire de planches et jouit de la loi d'attraction. C'est ridicule. »

Vers quatre heures, il descendit dans la vaste salle de lecture où l'âtre de la cheminée respirait de ses braises orangées, où des gens invisibles, dans de profonds fauteuils de cuir, étendaient les jambes sous le poids des journaux grands ouverts. Sur une longue table en chêne traînait un tas de magazines remplis de publicités pour des vêtements, de danseuses et de hauts-de-forme parlementaires. Kern dégota un numéro déchiré du *Tatler* du mois de juin de l'année passée et y contempla longuement le sourire de cette femme qui avait été son épouse durant sept ans. Il se souvint de son visage mort qui était devenu si froid et ferme, des lettres qu'il avait trouvées dans un coffret.

Il repoussa le magazine après avoir fait grincer un ongle sur le papier glacé.

Ensuite, remuant lourdement ses épaules et soufflant à travers une pipe courte, il se rendit dans l'énorme véranda couverte où un orchestre jouait frileusement, alors que des gens aux écharpes vives buvaient du thé fort, prêts à filer de nouveau dans le gel, sur les pentes qui frappaient les grandes vitres de leur éclat vrombissant. De ses yeux scrutateurs il examina la véranda. Un regard curieux le transperça comme une aiguille qui touche le nerf d'une dent. Il se retourna brusquement.

Dans la salle de billard où il était entré en tapinois après avoir poussé avec souplesse la porte en chêne, Monfiori, un petit homme roux et pâle, qui n'admettait que la Bible et le carambolage, se pencha vers la toile émeraude et visa une boule en faisant glisser en avant et en arrière une queue de billard. Kern avait fait sa connaissance quelques jours plus tôt et celui-ci l'avait aussitôt abreuvé de citations des Saintes Écritures. Il disait écrire un gros ouvrage où il démontrait que si l'on appréhendait d'une certaine façon le livre de Job, alors... mais Kern n'avait pas écouté davantage car son attention s'était soudain tournée sur les oreilles de son interlocuteur — pointues, fourrées de poussière canari et avec du duvet roux aux extrémités.

Les boules s'entrechoquèrent, se dispersèrent. Monfiori proposa une partie après avoir soulevé ses sourcils. Il avait des yeux tristes, légèrement globuleux comme ceux d'une chèvre.

Kern était sur le point d'accepter, il frotta même l'extrémité d'une queue avec la craie, mais il ressentit soudain une vague d'ennui sauvage qui faisait geindre son estomac et bourdonner ses oreilles ; il prétexta des courbatures dans le coude et regarda furtivement par la fenêtre la lueur sucrée des montagnes, puis il revint dans la salle de lecture.

Là, les jambes croisées et son soulier verni tressaillant, il contempla de nouveau la photo gris perle — les yeux d'enfant et les lèvres ombrées d'une beauté

londonienne —, sa défunte épouse. La prem
qui avait suivi sa mort volontaire, il était p
recherche d'une femme qui lui avait souri au coin d'une rue brumeuse ; il se vengea de Dieu, de l'amour, du destin.

Et maintenant, cette Isabelle avec une vague de rouge à la place de la bouche... Si seulement il pouvait...

Il serra les dents ; les muscles de ses robustes pommettes se contractèrent. Toute sa vie passée se présenta à lui comme une série mouvante de paravents multicolores qui le protégeaient des courants d'air cosmiques. Isabelle : un dernier lambeau criard. Combien y en avait-il déjà eu de ces chiffons de soie, comme il s'était efforcé d'en recouvrir le gouffre noir ! Les voyages, les livres aux couvertures tendres, sept années d'un amour exalté. Ils se boursouflaient, ces lambeaux, à cause du vent dehors, ils se déchiraient, tombaient l'un après l'autre. Mais il était impossible de cacher le gouffre : l'abîme respire, aspire. Il l'avait compris quand l'inspecteur aux gants de daim...

Kern sentit qu'il se balançait en avant et en arrière et qu'une pâle demoiselle aux sourcils roses le regardait derrière son magazine. Il prit le *Times* sur la table, ouvrit les pages gigantesques. Un voile de papier au-dessus de l'abîme. Les gens inventent des crimes, des musées, des jeux à seule fin de se cacher de l'inconnu, du ciel vertigineux. Et maintenant cette Isabelle...

Après avoir rejeté le journal, il s'essuya le front avec son énorme poing et remarqua de nouveau un regard étonné posé sur lui. Il sortit alors lentement de la pièce, le long des jambes qui lisaient, le long de l'âtre orangé de la cheminée. Il s'égara dans les couloirs sonores, se retrouva dans un salon où les pieds blancs des chaises recourbées se reflétaient sur le parquet ; un vaste tableau était suspendu au mur : Guillaume Tell transperçant une pomme sur la tête de son fils ; puis il examina longuement son lourd visage rasé, les filaments de sang dans le blanc de ses yeux, le nœud de sa cravate à carreaux — dans le miroir qui brillait dans les toilettes lumineuses où l'eau gargouillait musicalement, et où un mégot doré, jeté par quelqu'un, flottait dans les profondeurs de la porcelaine.

Derrière les fenêtres, les neiges s'éteignaient et bleuissaient. Le ciel prenait une couleur tendre. Les vantaux de la porte tournante de l'entrée du vestibule plein de vacarme luisaient lentement et laissaient entrer des nuages de buée et des gens au visage resplendissant qui s'ébrouaient, fatigués des jeux de la neige. Les escaliers respiraient de pas, d'exclamations et de rires. Puis l'hôtel fut mort : on se changeait pour le dîner.

Kern, qui somnolait vaguement dans un fauteuil, dans l'obscurité de sa chambre, fut réveillé par le grondement du gong. Ravi de sa soudaine allégresse, il alluma la lumière, fixa les boutons de manchettes de sa chemise tout juste empesée, sortit de la presse grinçante son pantalon noir aplati. Cinq minutes plus tard, sentant une fraîche désinvolture, la masse compacte de ses cheveux sur le haut de son crâne, chaque ligne de ses vêtements impeccables, il descendit dans la salle à manger.

Isabelle n'était pas là. On servit la soupe, le poisson — elle ne venait pas.

Kern regarda avec dégoût les jeunes gens mats, le visage briqueté d'une vieille avec une mouche qui dissimulait un bouton, le petit homme aux yeux de chèvre, et il fixa d'un air maussade la pyramide bouclée des jacinthes dans un pot vert.

Elle arriva seulement quand les instruments nègres se mirent à battre et à hurler dans le salon où Guillaume Tell était accroché.

Elle sentait le givre et le parfum. Ses cheveux semblaient humides. Quelque chose dans son visage surprit Kern.

Elle eut un sourire éclatant alors qu'elle ajustait un ruban noir sur son épaule transparente.

« Vous savez, je viens de rentrer. J'ai à peine eu le temps de me changer et d'avaler un sandwich. »

Kern demanda :

« Vous avez vraiment fait du ski jusqu'à maintenant ? Mais il fait complètement nuit ! »

Elle le regarda fixement, et Kern comprit ce qui l'avait frappé : les yeux ; ils scintillaient comme s'ils étaient couverts de givre.

Isabelle glissa doucement sur les voyelles moelleuses de la langue anglaise :

« Bien sûr ! C'était étonnant. Je filais sur les pistes dans l'obscurité, je m'envolais des ressauts. Droit vers les étoiles.

— Vous auriez pu vous tuer », dit Kern.

Elle répéta en fronçant ses yeux duveteux :

« Droit vers les étoiles », et elle ajouta en faisant

étinceler sa clavicule nue : « Et maintenant je veux danser... »

L'orchestre nègre éclata et entama une mélodie. Des lanternes japonaises flottaient, multicolores. Sur la pointe des pieds, en faisant des pas rapides ou bien alanguis, la main serrée contre sa main, Kern était tout près d'Isabelle. Un pas — et sa jambe élancée s'appuyait sur lui, un pas — et elle lui cédait la place en souplesse. Le froid parfumé de ses cheveux lui chatouillait la tempe ; sous le plat de sa main droite il sentait les souples modulations de son dos dénudé. Retenant sa respiration, il entrait dans des abîmes sonores, glissait de nouveau de mesure en mesure... Autour de lui flottaient les visages tendus des couples gauches, des yeux distraitement débauchés. Et le chant glauque des cordes était interrompu par les coups de baguettes barbares.

La musique s'accéléra, enfla, éclata et se tut. Tout le monde s'arrêta, puis on applaudit en demandant que la même danse continue. Mais les musiciens décidèrent de reprendre leur souffle.

Kern, qui avait sorti de sa manchette un mouchoir pour s'essuyer le front, suivit Isabelle qui se dirigeait vers la porte en agitant un éventail noir. Ils s'assirent l'un à côté de l'autre sur une des larges marches de l'escalier.

Isabelle dit, sans le regarder :

« Excusez-moi... J'avais l'impression d'être encore dans la neige, dans les étoiles. Je n'ai même pas remarqué si vous dansiez bien. »

Kern jeta vers elle un regard trouble, et c'était comme si elle était plongée dans ses pensées lumineuses, des pensées qui lui étaient inconnues.

Un peu plus bas, un jeune homme vêtu d'une veste très étroite était assis sur une marche avec une demoiselle décharnée qui avait un grain de beauté sur l'omoplate. Quand la musique reprit, le jeune homme invita Isabelle pour un boston. Kern dut danser avec la demoiselle décharnée. Elle sentait une odeur acide de lavande. Des rubans de papier de couleur s'emmêlèrent dans la salle, gênant les danseurs. L'un des musiciens s'était collé une moustache blanche et Kern, on ne sait pourquoi, eut honte pour lui. Quand la danse fut terminée, il laissa tomber sa partenaire et fila à la recherche d'Isabelle. Elle n'était nulle part, ni au buffet ni dans l'escalier.

« Bien sûr. Elle dort », songea brièvement Kern.

Dans sa chambre, avant de se coucher, il ouvrit le rideau, il regarda la nuit en ne pensant à rien. Il y avait le reflet des fenêtres sur la neige sombre devant l'hôtel. Au loin, les cimes métalliques des montagnes voguaient dans une lueur sépulcrale.

Il eut l'impression d'avoir regardé la mort. Il tira soigneusement les rideaux afin que pas le moindre rayon de lune ne puisse pénétrer dans la chambre. Mais après avoir éteint la lumière, il remarqua depuis son lit que le rebord de l'étagère en verre brillait. Il se leva alors et s'affaira longuement près de la fenêtre en maudissant ces éclaboussures de lune. Le sol était froid comme du marbre.

Quand Kern ferma les yeux après avoir défait la ceinture de son pyjama, des pentes glissantes s'écoulèrent en dessous de lui ; et son cœur se mit à battre bruyamment comme s'il s'était tu toute la journée et qu'il profitait maintenant du silence. Il eut peur d'écouter ces battements. Il se souvint comment une fois, avec sa femme, il passait à côté d'une boucherie par un jour très venteux, et sur un crochet se balançait une carcasse de bœuf qui cognait contre le mur avec un bruit sourd. Exactement comme son cœur maintenant. Et sa femme fronçait les yeux à cause du vent en tenant son large chapeau, et elle disait que la mer et le vent la rendaient folle, qu'il fallait partir, partir...

Kern se retourna prudemment afin que sa poitrine n'éclate pas à cause des coups distincts.

« Impossible de continuer ainsi », marmonna-t-il dans son oreiller en ramenant ses jambes contre lui à cause de son angoisse. Il se mit sur le dos en regardant le plafond où les rayons qui s'étaient faufilés formaient des traces blanches — comme des côtes.

Quand il fronça de nouveau les yeux, de douces étincelles volèrent devant lui, puis des spirales transparentes qui se dévissaient sans fin. Les yeux enneigés et la bouche enflammée d'Isabelle surgirent, et de nouveau des étincelles, des spirales. Son cœur se serra un instant en une boule acérée ; il se gonfla, il cogna.

« Impossible de continuer ainsi, je deviens fou. A la place de l'avenir, il y a un mur noir. Il n'y a rien. »

Il crut voir des rubans de papier glisser sur son visage. Ils bruissent subtilement et se déchirent. Et les lanternes japonaises déversent une houle colorée sur le parquet. Il danse, il avance.

« Il faudrait la desserrer comme ça, l'ouvrir... Et ensuite... »

Et la mort se présenta à lui comme un songe lisse,

une chute molle. Ni pensées, ni battements de cœur, ni courbatures.

Les côtes lunaires sur le plafond avaient imperceptiblement changé de place. Des pas résonnèrent doucement dans le couloir, un verrou claqua quelque part, une légère sonnerie s'envola — et de nouveau des pas de toutes sortes : marmonnement de pas, balbutiement de pas...

« Cela veut dire que le bal est terminé », pensa Kern. Il retourna l'oreiller étouffant.

Maintenant l'énorme silence se figeait tout autour. Seul son cœur chancelait, serré et oppressant. Kern trouva à tâtons la carafe sur la table de nuit, il avala une gorgée au goulot. Une eau glaciale ruissela et brûla son cou, une clavicule.

Il se mit à se rappeler les moyens de s'endormir : il imagina des vagues qui se précipitaient régulièrement sur le rivage. Puis des moutons, gros et gris, qui traversaient lentement une haie. Un mouton, un deuxième, un troisième...

« Et Isabelle dort dans la chambre voisine, pensa Kern, Isabelle dort dans son pyjama jaune probablement. Le jaune lui va bien. Une couleur espagnole. Si je grattais le mur avec un ongle, elle l'entendrait. Ah ! ces intermittences... »

Il s'endormit à l'instant où il commençait à se demander s'il valait la peine d'allumer la lampe et de lire quelque chose. Il y a un roman français qui traîne sur le fauteuil. Le coupe-papier en ivoire glisse, coupe les pages. Une, deux...

Il se réveilla au milieu de la pièce ; il se réveilla à cause d'un sentiment de terreur insoutenable. Cette terreur l'avait fait tomber de son lit. Il avait rêvé que le mur près duquel se trouvait le lit s'était mis à s'écrouler lentement sur lui — et il s'était écarté d'un bond en soupirant convulsivement.

Kern se mit à chercher la tête du lit à tâtons et, l'ayant trouvée, il se serait rendormi aussitôt, s'il n'y avait eu un bruit qui avait retenti derrière le mur. Il ne comprit pas tout de suite d'où provenait ce bruit, et comme il avait tendu l'oreille, sa conscience, qui allait glisser sur la pente du sommeil, s'éclaircit brusquement. Le bruit se répéta : dzin ! et il y eut un déferlement épais de cordes de guitare.

Kern se souvint qu'Isabelle était, en effet, dans la chambre voisine. Aussitôt, comme en écho à ses pensées, son rire éclata légèrement derrière le mur. Deux fois, trois fois la guitare trembla et se répandit. Et ensuite un aboiement étrange et saccadé retentit, puis se tut.

Kern, assis sur le lit, dressa l'oreille, surpris. Il se représenta un tableau absurde : Isabelle avec une guitare et un dogue immense levant vers elle des yeux pleins de bonheur. Il plaqua son oreille contre le mur froid. L'aboiement retentit de nouveau, la guitare cliqueta comme sous l'effet d'une pichenette et un bruissement incompréhensible s'éleva par vagues, comme si là, dans la pièce voisine, un vent énorme s'était mis à tournoyer. Le bruissement s'étira en un doux sifflement et la nuit s'emplit de nouveau de silence. Puis des battants se heurtèrent : Isabelle fermait la fenêtre.

« Elle est inlassable, songea-t-il : un chien, une guitare, des courants d'air glacials. »

Tout était calme maintenant. Isabelle, après avoir éconduit les bruits qui égayaient sa chambre, s'était probablement couchée ; elle dormait.

« Au diable ! Je n'y comprends rien. Chez moi, il n'y a rien. Au diable, au diable ! » gémit Kern en s'enfouissant dans l'oreiller. Une fatigue de plomb lui pesait sur les tempes. Il y avait dans ses jambes une angoisse, des fourmis insupportables. Il grinça longuement dans l'obscurité, en se retournant lourdement. Les rayons sur le plafond s'étaient éteints depuis longtemps.

2

Le lendemain Isabelle n'apparut qu'au déjeuner.

Depuis le matin le ciel était aveuglant de blancheur, le soleil ressemblait à la lune ; puis la neige se mit à tomber tout droit. Des flocons abondants, comme des mouchetures sur un voile blanc, formaient un rideau obstruant la vue des montagnes, des sapins alourdis, de la turquoise estompée de la patinoire. Des flocons gros et mous bruissaient sur les vitres des fenêtres, tombaient, tombaient sans fin. Si on les regardait longuement, on avait peu à peu l'impression que tout l'hôtel voguait doucement vers le ciel.

« J'étais si fatiguée hier soir, dit Isabelle en s'adressant à son voisin, un jeune homme au front haut et olive, aux yeux en amande, si fatiguée que j'ai décidé de traîner au lit.

— Vous avez une mine époustouflante aujourd'hui », dit le jeune homme en étirant ses mots avec une amabilité exotique.

Elle gonfla drôlement ses narines.

Kern, l'ayant regardée à travers les jacinthes, dit froidement :

« Je ne savais pas, miss Isabelle, que vous aviez un chien dans votre chambre, ainsi qu'une guitare. »

Il eut l'impression que ses yeux duveteux étaient devenus plus étroits encore, à cause d'un souffle de trouble. Elle fit ensuite jaillir un sourire : du carmin et de l'ivoire.

« Hier, vous avez trop longtemps fait la fête dans cette musique, *mister* Kern », répondit-elle, et le jeune homme olive comme le petit monsieur qui ne reconnaissait que la Bible et le billard éclatèrent de rire, le premier d'un gros rire sonore, le second tout doucement et les sourcils relevés.

Kern eut un regard sournois et dit :

« Je vous demanderais, d'une manière générale, de ne pas jouer la nuit. J'ai le sommeil très léger. »

Isabelle lacéra son visage d'un regard étincelant et furtif.

« Dites cela à vos rêves, pas à moi ! »

Et elle parla à son voisin de la compétition de ski qui avait lieu le lendemain.

Kern sentait depuis quelques minutes déjà que ses lèvres s'étiraient en un ricanement convulsif qu'il ne pouvait retenir. Celui-ci se tordait douloureusement à la commissure des lèvres — et soudain, Kern eut envie de tirer la nappe de la table, de lancer contre le mur le pot de jacinthes.

Il se leva en essayant de dissimuler un tremblement insupportable et, sans voir quiconque, il sortit de la pièce.

« Que m'arrive-t-il ? demanda-t-il à son angoisse.

— Qu'est-ce que c'est ? »

Il ouvrit une valise d'un coup de pied, puis se mit à ranger ses affaires — aussitôt il eut le tournis ; il laissa tomber et se remit à marcher dans la pièce. Il bourra hargneusement sa pipe courte. Il s'assit dans le fauteuil près de la fenêtre derrière laquelle la neige tombait avec une régularité écœurante.

Il était arrivé dans cet hôtel, dans cet endroit glacial et à la mode qu'est Zermatt pour allier les impressions d'un silence blanc avec l'agrément de connaissances faciles et chatoyantes, car la solitude complète est ce dont il avait le plus peur. Mais maintenant il avait compris que les visages des gens lui étaient également insupportables, que la neige lui provoquait des bourdonnements dans la tête, qu'il ne possédait pas cette alacrité inspirée et cette tendre obstination sans lesquelles la passion est impuissante. Et pour Isabelle, la vie était probablement un merveilleux vol à skis, un rire impétueux, un parfum et un froid glacial.

Qui est-elle ? Une diva photographique qui a repris sa liberté de force ? Ou bien la fille fugueuse d'un lord arrogant et fielleux ? Ou simplement l'une de ces femmes de Paris — dont l'argent vient d'on ne sait où ? Pensée vulgaire...

Mais elle a un chien pourtant, quand bien même elle le nierait : un dogue au poil lisse, sans doute. Avec un nez froid et des oreilles chaudes. Et la neige continue de tomber — pensait confusément Kern. Mais j'ai dans ma valise... Et tel un ressort qui se serait détendu après avoir cliqueté dans son cerveau :

« Un parabellum. »

Jusqu'au soir il lambina à travers l'hôtel, froissa sèchement les journaux dans la salle de lecture ; il voyait de la fenêtre du vestibule Isabelle, le Suédois et quelques jeunes gens qui avaient une veste enfilée sur un chandail à franges monter dans un traîneau relevé comme un cygne. De petits chevaux grivelés faisaient tinter leur harnachement de fête. La neige tombait doucement et dru. Isabelle, couverte de petites étoiles blanches, s'esclaffait, riait au milieu de ses compagnons, et quand le traîneau s'ébranla et démarra, elle se renversa en arrière après avoir frappé et battu dans ses moufles en fourrure.

Kern se détourna de la fenêtre.

« File, file... Peu importe... »

Plus tard, au cours du dîner, il essaya de ne pas la regarder. Elle était en fête, joyeuse et émue, et ne faisait pas attention à lui. A neuf heures, la musique nègre se remit à geindre et à glousser. Kern, pris de frissons d'angoisse, se tenait près du jambage de la porte : il regardait les couples qui se collaient l'un contre l'autre, l'éventail noir et bouclé d'Isabelle.

Une voix douce lui dit tout près de son oreille :

« Allons au bar... Voulez-vous ? »

Il se retourna et vit des yeux mélancoliques de chèvre et des oreilles au duvet roux.

Il y avait au bar une lumière tamisée rouge vif ; les volants des abat-jour se reflétaient dans les tables de verre. Près du bar métallique, trois messieurs étaient assis sur de hauts tabourets — tous les trois avec des guêtres blanches, les jambes serrées, aspirant à travers une paille des boissons colorées. De l'autre côté du bar, où des bouteilles multicolores luisaient sur des étagères comme une collection de scarabées ventrus, un homme gras aux moustaches noires, vêtu d'un smoking framboise, mélangeait les cocktails avec un art extraordinaire. Kern et Monfiori choisirent une table dans le velours d'un recoin du bar. Un garçon ouvrit une longue liste de boissons avec le soin et la vénération d'un pharmacien montrant un livre précieux.

« Nous boirons successivement un verre de chaque, lui dit Monfiori de sa voix triste et assourdie. Et quand nous arriverons à la fin, nous recommencerons. Nous choisirons alors seulement ce qui est à notre goût. Peut-être nous arrêterons-nous sur une seule et nous nous en délecterons longuement. Ensuite, nous recommencerons du début. »

Il regarda le garçon d'un air songeur :

« Compris ? »

Le serveur inclina la raie de ses cheveux.

« C'est ce qu'on appelle les errances de Bacchus, dit avec un ricanement désolé Monfiori qui s'adressa à Kern. Certains appliquent ce procédé dans la vie également. »

Kern étouffa un bâillement frileux.

« Vous savez, ça se termine par des vomissements. »

Monfiori soupira. Il vida son verre. Il fit claquer ses lèvres. Il traça une croix avec un porte-mine devant le premier numéro de la liste. Deux profonds sillons allaient des ailes de son nez jusqu'aux commissures de ses lèvres fines.

Après le troisième verre, Kern alluma en silence une cigarette. Après le sixième — c'était un mélange douceâtre de chocolat et de champagne — il eut envie de parler.

Il émit un rond de fumée ; il secoua la cendre de son ongle jaune en fronçant les yeux.

« Dites-moi, Monfiori, que pensez-vous de — comment déjà ? — de cette Isabelle ?...

— Vous n'obtiendrez rien d'elle, répondit Monfiori. Elle est de la race des glisseuses. Elle ne recherche que des frôlements.

— Mais elle joue la nuit de la guitare, elle fait du tapage avec un chien. C'est répugnant, n'est-ce pas ? » dit Kern, après avoir écarquillé les yeux sur son verre.

Monfiori soupira une fois encore :

« Mais laissez-la donc tomber. Vraiment...

— Je pense que vous dites cela par jalousie », commença à répondre Kern.

L'autre l'interrompit doucement.

« C'est une femme. Moi, voyez-vous, j'ai d'autres goûts. »

Il toussota pudiquement. Il mit une croix.

Les boissons rubis furent remplacées par des boissons dorées. Kern sentait son sang devenir sucré. Sa tête était embrumée. Les guêtres blanches avaient quitté le bar. Les battements et les mélodies de la lointaine musique s'étaient tus.

« Vous dites qu'il faut choisir..., poursuivit-il d'une voix épaisse et indolente. Moi, comprenez-vous, j'ai atteint le point où... Écoutez donc : j'avais une femme. Elle est tombée amoureuse d'un autre. Il se trouve que c'était un voleur. Il volait des automobiles, des colliers, des fourrures... Et elle s'est empoisonnée. Avec de la strychnine.

— Et vous croyez en Dieu ? » demanda Monfiori avec l'allure de l'homme qui enfourche son dada. « Dieu existe, vous savez. »

Kern eut un rire qui sonnait faux.

« Le Dieu de la Bible. Un vertébré gazeux... Je n'y crois pas.

— Ça vient de Huxley, remarqua d'un air patelin Monfiori. Mais il y a eu un Dieu de la Bible... Le fait est qu'Il n'est pas seul ; ils sont nombreux les dieux de la Bible... Une multitude... Parmi eux, mon préféré c'est... " Par un de ses éternuements se manifeste la lumière ; ses yeux sont comme les cils de l'aube. " Vous comprenez ? Vous comprenez ce que cela signifie ? Hein ? Et ensuite : " ... les parties charnues de son corps sont soudées fermement entre elles, elles ne tressaillent pas. " Quoi ? Quoi ? Vous comprenez ?

— Arrêtez ! cria Kern.

— Non ! écoutez, écoutez ! " Il transforme la mer en un onguent bouillant ; il laisse derrière lui un sentier lumineux ; l'abîme semble être une chevelure blanche " !

— Mais arrêtez à la fin ! l'interrompit Kern. Je veux vous dire que j'ai décidé de me suicider... »

Monfiori le regarda d'un air troublé et attentif après avoir posé sa paume sur le verre. Il se tut.

« C'est bien ce que je pensais, dit-il avec une

inattendue. Aujourd'hui, lorsque vous ez les danseurs et avant, quand vous vous êtes levé de table... Il y avait quelque chose sur votre visage... Un pli entre les sourcils... particulier... J'ai tout de suite compris... »

Il se calma en caressant le rebord de la table.

« Écoutez ce que je vais vous dire », poursuivit-il en baissant ses lourdes paupières mauves dans les verrues de ses cils. « Je cherche partout des hommes comme vous, dans les hôtels de luxe, les trains, dans les stations balnéaires, la nuit, sur les quais des grandes villes. »

Un petit ricanement rêveur glissa sur ses lèvres.

« Je me souviens, un jour à Florence... »

Il leva lentement ses yeux de chèvre :

« Écoutez, Kern, je veux être présent... Je peux ? »

Kern, qui avait figé ses épaules voûtées, sentit un froid dans sa poitrine sous sa chemise empesée.

« Nous sommes ivres tous les deux..., dit-il, comme une idée qui lui avait traversé le cerveau. Il est effrayant.

— Je peux ? répéta Monfiori en étirant les lèvres. Je vous le demande avec beaucoup d'insistance. »

Il l'effleura de sa main velue et froide...

Kern tressauta après avoir lourdement vacillé ; il se leva de table.

« Allez au diable ! Laissez-moi... Je plaisantais... »

Monfiori le regardait avec une attention toujours aussi vive, en le buvant du regard.

« J'en ai assez de vous ! J'en ai assez de tout. » Kern s'élança après avoir claqué des mains et le regard de Monfiori s'interrompit, comme après un baiser...

« Bavardages ! Marionnette !... Quelle plaisanterie !... Basta !... »

Il se cogna douloureusement une côte contre le rebord de la table. Le gros couleur framboise derrière son bar vacillant bomba son échancrure blanche, se mit à nager au milieu de ses bouteilles, comme dans un miroir tordu. Kern traversa les vagues qui avaient déferlé sur le tapis, se heurta l'épaule contre une porte de verre qui était par terre.

L'hôtel dormait profondément. Après avoir laborieusement gravi l'escalier moelleux, il trouva sa chambre. La clé était sur la porte voisine. Quelqu'un avait oublié de s'enfermer. Des fleurs serpentaient dans la lumière glauque du couloir. Il fouilla longuement le mur de sa chambre à la recherche du bouton de l'électricité. Puis il s'écroula dans le fauteuil près de la fenêtre.

Il pensa qu'il devait écrire des lettres. Des lettres d'adieu. Mais l'ivresse épaisse et poisseuse l'avait affaibli. Un bourdonnement sourd tournoyait dans ses oreilles, des vagues glaciales soufflaient sur son front. Il fallait écrire une lettre, et il y avait encore quelque chose qui ne le laissait pas en paix. Exactement comme s'il était sorti de chez lui et avait oublié son portefeuille. Dans la noirceur miroitante de la fenêtre se reflétaient le bord de son col, son front blême. Il avait éclaboussé de gouttelettes d'ivresse le devant de sa chemise. Il faut écrire une lettre — non, ce n'est pas ça. Et soudain quelque chose surgit ses yeux. La clé ! La clé qui était sur la porte voisine…

Kern se leva péniblement, sortit dans le couloir glauque. Un morceau de plastique brillant était suspendu à l'immense clé, avec le chiffre 35. Il s'arrêta devant cette porte blanche. Un frisson avide s'écoula le long de ses jambes.

Un vent glacial lui cingla le front. Dans la vaste chambre éclairée, la fenêtre était grande ouverte. Sur le large lit, Isabelle était étendue sur le dos dans un pyjama jaune ouvert. Elle avait laissé tomber un bras clair ; entre ses doigts se consumait une cigarette. Le sommeil l'avait apparemment surprise sans crier gare.

Kern s'assit sur le bord du lit. Il heurta son genou contre une chaise sur laquelle une guitare résonna à peine. Les cheveux bleus d'Isabelle étaient étalés sur l'oreiller en petits cercles. Il regarda ses paupières sombres, l'ombre tendre entre ses seins. Il secoua la couverture. Elle ouvrit aussitôt les yeux. Alors Kern, comme voûté, dit :

« J'ai besoin de votre amour. Demain je me tirerai une balle. »

Il n'avait jamais rêvé qu'une femme — même prise au dépourvu — puisse avoir aussi peur. D'abord Isabelle se figea, puis elle s'agita après s'être retournée vers la fenêtre ouverte, et à l'instant même elle glissa de son lit, passa à côté de Kern, la tête baissée, comme si elle avait peur d'un coup venu d'en haut.

La porte claqua. Des feuilles de papier à lettres s'envolèrent de la table.

Kern resta debout au milieu de la vaste pièce

éclairée. Sur la table de nuit il y avait du raisin mauve et doré.

« Folle ! » dit-il à haute voix.

Il haussa difficilement les épaules. Il eut un long frisson à cause du froid — comme un cheval. Et soudain il se pétrifia.

Derrière la fenêtre s'élevait, volait, s'approchait en secousses ondoyantes un aboiement rapide et enjoué. Un instant plus tard, l'ouverture de la fenêtre, le carré de nuit noire furent emplis, furent bouillonnants d'une masse de fourrure tempétueuse. Cette fourrure moelleuse cacha d'un ample et bruyant battement le ciel nocturne, d'un montant à l'autre de la fenêtre. Un instant plus tard elle se gonfla d'un coup, s'engouffra de côté, s'étala. Dans les battements sifflants de la fourrure luxuriante surgit un visage blanc. Kern saisit le manche de la guitare, frappa de toutes ses forces ce visage blanc qui volait vers lui. Le bord d'une aile gigantesque le faucha comme une tempête duveteuse. Kern fut saisi par une odeur animale. Il se leva après s'être dégagé.

Au milieu de la pièce était étendu un ange énorme.

Il emplissait la pièce entière, l'hôtel entier, le monde entier. L'aile droite était repliée, un angle appuyé sur l'armoire à glace. Celle de gauche oscillait péniblement en s'accrochant aux pieds de la chaise renversée. La chaise roulait par terre en avant et en arrière. Le pelage marron des ailes fumait, le givre fondait. Étourdi par le coup, l'ange s'appuyait sur les paumes, comme un sphinx. Des veines bleues se gonflaient sur ses mains blanches ; il y avait des trous d'ombre sur ses épaules, le long des clavicules. Les allongés, comme myopes, vert pâle comme ant l'aube, regardaient Kern sans ciller sous des sourcils droits et broussailleux.

Kern, qui avait du mal à respirer à cause de l'odeur forte de la fourrure mouillée, restait immobile, dans l'impassibilité d'une peur extrême, examinant les ailes géantes qui fumaient, le visage blanc.

Derrière la porte, dans le couloir, retentit un bruit assourdi. Alors un autre sentiment saisit Kern : une honte oppressante.

Il s'était mis à avoir honte, au point d'avoir mal, d'être terrorisé que l'on puisse à tout instant entrer et le trouver en compagnie de cet être incroyable.

L'ange soupira bruyamment, il remua ; ses bras s'étaient affaiblis ; il tomba sur sa poitrine, agita une aile. Kern, en grinçant des dents, en s'efforçant de ne pas regarder, se pencha au-dessus de lui, enlaça une montagne de pelage humide et odorant, des épaules froides et poisseuses. Il remarqua avec une frayeur écœurante que les pieds de l'ange étaient blancs et sans os, qu'il ne pouvait se tenir debout. L'ange n'opposait pas de résistance. Kern le traîna à la hâte vers l'armoire à glace, en écarta une porte et il se mit à faire entrer, à enfourner les ailes dans les profondeurs grinçantes. Il les prenait par le bord, essayait de les plier, de les entasser. Les plis de la fourrure lui frappaient la poitrine en se déroulant. Enfin, il poussa vigoureusement la porte. Et au même instant un hurlement déchirant et insupportable s'arracha de l'intérieur, un hurlement de bête écrasée par une roue. Ah ! il lui avait coincé une aile. Un bout d'aile sortait par une fente. Kern entrouvrit la porte, puis repoussa avec sa main l'extrémité bouclée. Il tourna la clé dans la serrure.

Tout devint très calme. Kern sentit que des larmes brûlantes coulaient sur son visage. Il soupira et se précipita dans le couloir. Isabelle — un monticule de soie noire — était couchée, recroquevillée contre le mur. Il la souleva dans ses bras, la porta dans sa chambre, la posa sur son lit. Puis il sortit de sa valise le lourd parabellum, introduisit le chargeur et en courant, sans respirer, il s'engouffra de nouveau dans la chambre 35.

Deux moitiés d'une assiette cassée faisaient une tache blanche sur le tapis. Le raisin était éparpillé.

Kern se vit dans la glace de la porte de l'armoire : une mèche de cheveux tombant sur un sourcil, son revers empesé avec des éclaboussures rouges, un scintillement longitudinal sur la bouche du pistolet.

« Il faut l'achever », s'écria-t-il sourdement et il ouvrit l'armoire.

Seulement un tourbillon de duvet odorant. Des flocons marron qui tournoyaient en luisant dans la chambre. L'armoire était vide. Il y avait en bas la tache blanche d'un carton à chapeau, écrasé.

Kern s'approcha de la fenêtre, jeta un coup d'œil. De petits nuages velus voguaient en direction de la lune et respiraient tout autour, tels des arcs-en-ciel blafards. Il ferma les battants, remit la chaise à sa place, ramassa sous le lit les flocons de duvet marron. Il sortit ensuite prudemment dans le couloir. Tout était calme comme avant. Les gens dorment à poings fermés dans les hôtels de montagne.

Et quand il revint dans sa chambre, il vit Isabelle

dont les jambes nues tombaient du lit ; elle tremblait, la tête serrée dans les mains. Il eut honte, comme tout à l'heure quand l'ange l'avait regardé de ses étranges yeux verdâtres.

« Dites-moi... où est-il ? » dit Isabelle en respirant de façon saccadée.

Kern, qui s'était détourné, s'approcha de la table, s'assit, ouvrit le buvard et répondit :

« Je ne sais pas. »

Isabelle rentra ses jambes sous les draps.

« Puis-je rester chez vous... en attendant ? J'ai si peur... »

Kern acquiesça silencieusement. Il se mit à écrire en retenant un tremblement de sa main. Isabelle reprit la parole — d'un ton frémissant et sourd — mais, on ne sait pourquoi, Kern eut l'impression que sa frayeur avait quelque chose de féminin, d'ordinaire.

« Je l'ai rencontré hier, quand je volais sur mes skis dans l'obscurité. La nuit, il est resté chez moi. »

Kern, essayant de ne pas écouter, écrivait d'une large écriture :

« Mon cher ami. Voici ma dernière lettre. Je n'ai jamais pu oublier la façon dont tu m'as aidé quand le malheur m'a accablé. Il vit sans doute sur les cimes où il chasse des aigles des montagnes et se nourrit de leur chair... »

Il se reprit, biffa brutalement ce qu'il avait écrit, prit une autre feuille. Isabelle sanglotait, le visage enfoui dans l'oreiller.

« Comment vivre maintenant ?... Il se vengera de moi... Ô mon Dieu !... »

« Mon cher ami, écrivait rapidement Kern, elle cherchait des effleurements inoubliables et maintenant voilà qu'apparaît chez elle une bestiole ailée... Ah... Au diable ! »

Il chiffonna la feuille.

« Essayez de vous endormir, dit-il à Isabelle par-dessus son épaule. Demain vous partirez. Au couvent. »

Elle roula plusieurs fois les épaules. Puis elle se calma.

Kern écrivait. Devant lui souriaient les yeux du seul homme au monde avec lequel il pouvait parler librement et se taire. Il lui écrivait que la vie était finie, qu'il sentait depuis peu qu'à la place d'avenir un mur noir se dressait devant lui, et qu'après ce qui venait de se passer, un homme ne pouvait et ne devait pas vivre. « Demain à midi je mourrai, écrivait Kern, demain parce que je veux mourir en pleine possession de mes forces, dans la sobre lumière du jour. Maintenant je suis trop ému. »

Quand il eut terminé, il s'assit dans le fauteuil près de la fenêtre. Isabelle dormait, respirant de façon à peine audible. Une lassitude écrasante lui pesa sur les épaules. Le sommeil tomba sur lui en un brouillard tendre.

3

Il se réveilla car on frappait à la porte. Un azur glacial s'écoula de la fenêtre.

« Entrez ! » dit-il en s'étirant.

Un domestique posa sans bruit sur la table un plateau avec une tasse de thé, salua et sortit.

Kern éclata de rire en son for intérieur : « Mais je suis dans un smoking froissé ! »

Et il se souvint aussitôt de ce qui s'était passé cette nuit. Il tressaillit et regarda le lit. Isabelle n'était pas là. Elle était certainement allée chez elle au petit matin. Et maintenant, bien sûr, elle était partie... Il entrevit des ailes marron et duveteuses. Il se leva rapidement, ouvrit la porte du couloir.

« Écoutez ! cria-t-il au dos du domestique qui s'éloignait, prenez une lettre ! »

Il s'approcha de la table, fouilla. Le garçon attendait dans l'entrebâillement de la porte. Kern explora toutes ses poches, regarda sous le fauteuil.

« Vous pouvez partir. Je la donnerai plus tard au concierge. »

La raie des cheveux s'inclina, la porte se ferma doucement.

Kern était dépité d'avoir perdu la lettre. Cette lettre-là précisément. Il y avait exprimé si bien, d'une manière si coulante et simple tout ce qu'il fallait. Maintenant il ne pouvait se souvenir de ces mots. Des phrases absurdes émergeaient. Oui, la lettre était merveilleuse.

Il se mit à la réécrire, mais elle était froide, alambiquée. Il la cacheta. Il écrivit nettement l'adresse.

Il se sentait l'âme étrangement légère. A midi il se tirerait une balle, et un homme qui a décidé de se suicider est un dieu.

Une neige de sucre scintillait par la fenêtre. Il fut attiré là-bas, pour la dernière fois.

Les ombres des arbres givrés s'étendaient sur la neige comme des plumes bleues. Des clochettes tintaient quelque part, épaisses et douces. Beaucoup de gens sortaient : des demoiselles avec des bonnets de laine qui se déplaçaient peureusement et maladroitement sur leurs skis ; des jeunes gens qui s'interpellaient bruyamment en expirant des nuages de rire ; mais aussi des gens d'un certain âge, pourpres de tension ; et un petit vieillard sec aux yeux bleus, qui tirait derrière lui une luge veloutée. Kern songea furtivement : pourquoi ne pas frapper le visage du vieillard à tour de bras, comme ça, simplement... Maintenant tout est permis... Il éclata de rire... Il y avait longtemps qu'il ne s'était pas si bien senti.

Ils se rendaient tous à l'endroit où avait commencé la compétition de ski. C'était une pente élevée et raide qui se transformait en son milieu en une surface neigeuse qui s'interrompait nettement pour former un ressaut rectangulaire. Un skieur, après avoir glissé sur la pente abrupte, s'envola du ressaut vers l'air azuré ; il vola en écartant les bras, et après s'être posé debout sur la pente, il glissa plus loin. Le Suédois venait de battre son propre record et, loin en bas, dans un tourbillon de poussière argentée, il tourna brusquement en écartant une jambe pliée.

Deux autres hommes descendirent encore vêtus d'un chandail noir ; ils sautèrent et percutèrent en souplesse contre la neige.

« C'est maintenant Isabelle qui va s'envoler », dit une voix douce près de l'épaule de Kern. Kern songea rapidement : « Est-il possible qu'il soit encore ici... Comment peut-elle... » Il regarda celui qui parlait. C'était Monfiori. Avec son chapeau melon enfoncé sur ses oreilles décollées, son petit manteau noir au col de velours terne rayé, il se distinguait comiquement de la foule désinvolte en laine. « Pourquoi ne pas lui raconter ? » songea Kern.

Il repoussa avec dégoût les ailes marron et odorantes : il ne faut pas y penser.

Isabelle avait gravi la montagne. Elle se retourna pour dire quelque chose à son compagnon, joyeusement, joyeusement comme toujours. Kern eut peur de cette joie. Il lui sembla qu'au-dessus des neiges, au-dessus de l'hôtel en verre, au-dessus des gens petits comme des jouets quelque chose était apparu, un frémissement, un reflet...

« Comment allez-vous aujourd'hui ? » demanda Monfiori en frottant ses mains mortes.

En même temps, des voix retentirent tout autour : « Isabelle ! Isabelle volante ! »

Kern leva la tête. Elle filait à toute allure sur la pente abrupte. Un instant plus tard, il vit un visage lumineux, un éclat sur les cils. Dans un léger sifflement, elle glissa sur le tremplin, s'envola, resta suspendue dans les airs, crucifiée. Et puis...

Personne, bien entendu, ne pouvait s'attendre à cela. Isabelle, en plein vol, s'était convulsivement recroquevillée et était tombée comme une pierre ; elle avait roulé en zigzaguant avec ses skis dans des vagues de neige.

Aussitôt il la perdit de vue à cause de tous les dos des gens qui se précipitaient vers elle. Kern, qui avait soulevé ses épaules, s'approcha lentement. Clairement, comme écrit par une grande écriture, il vit se dresser devant lui : la vengeance, un coup d'aile.

Le Suédois et le monsieur longiligne aux lunettes d'écaille se penchèrent au-dessus d'Isabelle. Le monsieur aux lunettes tâta le corps immobile avec des gestes professionnels. Il marmonnait : « Je ne comprends pas... La cage thoracique est brisée... »

Il lui souleva la tête. Un visage mort, comme dénudé, apparut.

Kern se retourna en faisant grincer son talon, et marcha fermement en direction de l'hôtel. A côté de lui trottinait Monfiori, il courut devant lui, le regarda dans les yeux.

« Je monte tout de suite chez moi, dit Kern en essayant d'avaler, de retenir un rire sanglotant. En haut... Si vous voulez venir avec moi... »

Le rire atteignit la gorge, se mit à bouillonner. Kern montait l'escalier comme un aveugle. Monfiori le soutenait timidement et avec empressement[1].

1. « Oudar kryla ». Nouvelle écrite à Berlin en 1923 et publiée dans *Rousskoïé Ekho* en janvier 1924. Brian Boyd note dans sa

biographie de Nabokov (*Vladimir Nabokov, 1. Les années russes,* Éditions Gallimard, 1992, p. 258) les éléments autobiographiques de cette nouvelle « suisse ». Nabokov se rendit en Suisse pour la première fois le 5 décembre 1921 en compagnie de l'un de ses condisciples de faculté de Cambridge, Bobby de Calry ; après avoir fait du ski à Saint-Moritz, il rendit visite à Lausanne à Cécile Miauton, son ancienne gouvernante française, qu'il appelle « Mademoiselle » dans *Autres rivages,* son autobiographie.

Bruits

Il fallut claquer la fenêtre : la pluie, en frappant le rebord, éclaboussait le parquet, les fauteuils. D'immenses spectres d'argent surgissaient en glissant dans un bruissement frais, à travers le jardin et les feuillages, sur le sable orangé. La gouttière grondait et gargouillait. Tu jouais du Bach. Le piano avait soulevé son couvercle laqué, sous le couvercle il y avait une lyre posée à plat, les marteaux frappaient les cordes. Un tapis de brocart glissa du piano, en plis grossiers, entraînant par terre une partition ouverte. A travers l'effervescence d'une fugue de Bach, parfois, une bague cliquetait sur les touches et une averse de juin frappait incessamment et magnifiquement contre les vitres. Sans cesser de jouer, et après avoir légèrement penché la tête, tu t'écrias en mesure, d'une voix involontairement chantante : « La pluie, la pluie… Je-joue-plus-fort-qu'elle… »

Mais tu ne jouais pas plus fort.

Après avoir délaissé les albums qui étaient sur la table telles des tombes de velours, je te regardai, j'écoutai la fugue, la pluie, et un sentiment de fraîcheur monta en moi, comme la senteur des œillets mouillés émanant de toutes parts, des étagères, du couvercle du piano, des pendeloques oblongues du lustre.

C'était une sensation d'un équilibre exaltant : je percevais le lien musical entre les spectres d'argent de la pluie et tes épaules baissées qui tressaillaient lorsque tu enfonçais tes doigts dans le miroitement mouvant. Et, quand je plongeai en moi-même, le monde entier me sembla achevé, cohérent, relié par les lois de l'harmonie. Moi, toi, les œillets étaient à cet instant des accords sur les portées. Je compris que tout dans le monde est un jeu de particules semblables constituant de multiples consonances : les arbres, l'eau, toi... De façon unique, égale, divine. Tu te levas. La pluie fauchait encore le soleil. Les mares semblaient des fondrières sur le sable sombre, ouvertures vers d'autres cieux qui glissaient sous la terre. Sur un banc, luisant comme une porcelaine danoise, une raquette avait été oubliée ; la pluie avait bruni les cordes, le cadre s'était tordu en un huit.

Quand nous avons pénétré dans l'allée, le chatoiement des ombres et la moisissure nous firent tourner la tête.

Je me souviens de toi dans une éclaircie. Tu avais des coudes pointus et des yeux pâles, comme recouverts de poussière. Quand tu parlais, tu tranchais l'air avec le bord de la main, avec l'éclat du bracelet autour de ton poignet fin. Tes cheveux devenaient, en s'estompant, l'air ensoleillé qui tremblait autour d'eux. Tu fumais beaucoup et nerveusement. Tu expirais la fumée par tes deux narines en secouant brusquement la cendre. Ta maison bleue se trouvait à cinq verstes de la nôtre. Ta maison était sonore, opulente et fraîche. Une photo en avait paru dans une revue de la capitale sur papier glacé. Presque chaque matin je me démenais sur le triangle de cuir de ma bicyclette que je faisais crisser sur le sentier, à travers la forêt, puis sur la route dans le village et de nouveau sur le sentier jusque chez toi. Tu espérais que ton mari ne viendrait pas en septembre. Et nous n'avions peur de rien, toi et moi, ni des ragots de tes serviteurs ni des soupçons de ma famille. L'un et l'autre, à notre façon, nous croyions au destin.

*

Ton amour était assourdi, comme ta voix. Tu aimais à la dérobée en quelque sorte, et jamais tu ne parlais d'amour. Tu étais une de ces femmes qui sont habituellement silencieuses et au silence desquelles on s'habitue aussitôt. Mais parfois quelque chose s'échappait de toi. Alors, ton énorme Bechstein grondait ; sinon, regardant vaguement devant toi, tu me racontais de petites histoires très drôles que tu tenais de ton mari ou de ses camarades de régiment. Je me souviens de tes mains, longues, blanches, aux veines bleuâtres.

*

Ce jour heureux où l'averse s'abattit et où tu jouas si étonnamment, cette chose trouble qui s'était imperceptiblement révélée entre nous après les premières semaines d'amour trouva une explication. Je compris que tu n'avais pas de pouvoir sur moi, que ce n'était pas toi seule, mais la terre entière qui était ma maîtresse. Mon âme semblait avoir émis d'innombrables antennes sensibles, et je vivais en toutes choses, percevant en même temps le grondement du Niagara quelque part au-delà de l'océan et le chuintement, le crépitement des longues gouttes dorées, là, dans l'allée. Je regardai l'écorce brillante d'un bouleau et sentis soudain que j'avais non des bras, mais des branches ramifiées en de petites feuilles mouillées, non des jambes, mais un millier de fines radicelles entremêlées, buvant la terre. J'eus envie de me répandre ainsi dans toute la nature, d'éprouver ce que signifiait être un vieux cèpe aux spores jaunes et spongieuses, une libellule, le cercle du soleil. J'étais si heureux que j'éclatai soudain de rire, je déposai un baiser sur ta clavicule, ta nuque. Je t'aurais même récité des poèmes, mais tu ne pouvais supporter les poèmes.

Tu souris d'un sourire ténu et dis : « Comme on est bien après la pluie. » Puis tu réfléchis avant d'ajouter : « Tu sais, je viens de me le rappeler : il m'a invitée pour le thé, tu le connais — comment s'appelle-t-il déjà ? — Pal Palytch[1]. Il est terriblement ennuyeux. Mais il le faut, tu comprends. »

Je connaissais Pal Palytch depuis longtemps : il nous arrivait d'aller ensemble à la pêche, et il se mettait soudain à chanter *Cloches du soir* de sa voix de ténor geignarde. Je l'aimais beaucoup. Une goutte

1. Diminutif de Pavel Pavlovitch.

brûlante tomba d'une feuille juste sur mes lèvres. Je proposai de t'accompagner.

Tu haussas frileusement les épaules :

« Nous allons y mourir d'ennui. C'est terrible. » Tu regardas ton poignet, tu soupiras.

« Il est temps. Il faut aller changer de chaussures. »

Dans ta chambre brumeuse, transperçant les stores baissés, le soleil s'étirait en deux échelles d'or. Tu me dis quelque chose d'une voix sourde. Derrière la fenêtre les arbres respiraient, dégouttaient en un bruissement de bonheur. Et, souriant à ce bruissement, je t'embrassai avec légèreté et sans avidité.

*

C'était ainsi : sur une des berges de la rivière, ton parc, tes prés ; sur l'autre, le village. Par endroits, sur la route, il y avait de profondes ornières ; la boue était grassement mauve, une eau pleine de bulles, de la couleur du café au lait, stagnait dans les fondrières. Les ombres obliques des isbas en rondins s'allongeaient avec une particulière netteté.

Nous marchions à l'ombre, sur un sentier piétiné, allant devant une boutique, devant une auberge à l'enseigne turquoise, des maisons noyées de soleil, qui sentaient le fumier et la paille fraîche.

L'école était neuve, en pierre, entourée d'érables. Sur le seuil, devant une porte béante, une bonne femme, scintillante d'étincelles blanches, essorait une serpillière dans un seau. Tu demandas : « Pal Palytch est-il là ? » La femme — des taches de rousseur, des petites nattes — fronça les yeux à cause du soleil. « Mais bien sûr, il est là. » Elle repoussa du pied le seau qui cliqueta. « Entrez, madame. Monsieur est dans l'atelier. »

Le couloir sombre grinça, puis on traversa une vaste salle de classe.

En passant je jetai un coup d'œil sur une carte bleuâtre ; je songeai que toute la Russie était ainsi : le soleil, les fondrières... Il y avait une craie blanche écrasée dans un coin.

Plus loin, dans le petit atelier, ça sentait bon la colle à bois, les copeaux de pin. Pal Palytch, en bras de chemise, grassouillet et en sueur, rabotait, la jambe gauche en avant, maniant bruyamment le rabot sur le bois blanc qui gémissait. Dans un rai de poussière se balançait en avant et en arrière sa calvitie moite. Par terre, sous l'établi, telles des boucles légères, des copeaux se tortillaient.

Je dis à voix forte : « Pal Palytch, vous avez de la visite ! »

Il tressaillit, parut aussitôt embarrassé, il te baisa poliment la main que tu levas de ce mouvement si faible que je connais si bien, il agrippa un instant ses doigts rustres à ma main et la secoua. Il avait un visage comme sculpté dans de la pâte à modeler, aux moustaches molles, aux rides surprenantes.

« Excusez-moi, vous voyez, je ne suis pas habillé », dit-il confus, avec un sourire malicieux. Il attrapa sur le rebord de la fenêtre deux hauts-de-forme qui se trouvaient côte à côte, des manchettes. Il s'habilla à la hâte.

« Sur quoi travaillez-vous ? » demandas-tu en faisant scintiller ton bracelet. A grands gestes Pal Palytch s'affubla de sa veste. « Ce n'est rien, des vétilles, grommela-t-il en trébuchant légèrement sur les consonnes, une petite planche de rien du tout. Ce n'est pas encore terminé. Ensuite je la polirai, je la vernirai. Mais regardez plutôt ce qu'on appelle une *mouche...* » En donnant un coup de ses mains croisées, il fit tourner un petit hélicoptère en bois qui s'envola en vrombissant, heurta le plafond, retomba.

L'ombre d'un sourire poli glissa sur ton visage. « Où en étais-je ? » Pal Palytch reprit : « Allons donc en haut, chers amis. » A ce moment la porte glapit. « Excusez-moi. Permettez-moi de passer devant. J'ai peur que ce ne soit pas rangé chez moi... »

« Il semble avoir oublié qu'il m'avait invitée », me dis-tu en anglais alors que nous montions l'escalier grinçant...

Je regardai ton dos, les carreaux de soie de ton gilet. Quelque part en bas, probablement dans la cour, retentit une voix sonore de femme : « Guérassime ! Hé ! Guérassime. » Et soudain il devint si clair pour moi que le monde avait durant des siècles fleuri, fané, tourné, changé, à seule fin maintenant, à cet instant-là, de lier en un tout unique, de fondre en un accord la voix qui avait retenti en bas, le mouvement de tes omoplates soyeuses, l'odeur des planches de pin.

*

La chambre de Pal Palytch était ensoleillée et exiguë. Au-dessus du lit était cloué un petit tapis ponceau avec un lion jaune brodé en son u. Sur un autre mur était encadré un chapitre d'*Anna Karénine,* composé de telle sorte que le jeu d'ombres des différents caractères et la disposition subtile des lignes formaient le visage de Tolstoï...

Le maître des lieux te fit asseoir en se frottant les mains et remit à sa place un cahier qu'il avait fait tomber de la table avec un pan de sa veste. On en arriva au thé, au yaourt, aux biscuits. Pal Palytch prit dans le tiroir de la commode un flacon bariolé de bonbons *Landrine.* Quand il se penchait, le pli de sa nuque boutonneuse se gonflait au-dessus du col. Sur le rebord de la fenêtre jaunissait un bourdon mort dans un duvet d'araignée.

« Où est donc Sarajevo ? » demandas-tu soudain, en froissant une page de journal que tu avais pris nonchalamment sur la table. Pal Palytch, occupé à verser le thé, répondit : « En Serbie. »

Puis de sa main tremblante il te passa prudemment un verre de thé fumant dans un support en argent.

« Je vous en prie. Puis-je vous proposer des biscuits... Qu'ont-ils à jeter des bombes ? » s'adressa-t-il à moi en haussant les épaules.

J'examinais, pour la énième fois, le gros presse-papiers de verre : à l'intérieur du verre il y avait un fond rose et la cathédrale Saint-Isaac dans des paillettes d'or. Tu éclatas de rire et lus à haute voix : « Hier au restaurant *Kississana*[1] a été arrêté le marchand de deuxième guilde Yérochine. Le fait est que Yérochine, sous le prétexte de... » Tu éclatas de

1. Célèbre restaurant fréquenté par des intellectuels.

nouveau de rire. « Non, après, cela devient incorrect. »

Pal Palytch était gêné, il se gorgea d'un sang marron, laissa tomber une cuiller. Les feuilles des érables luisaient juste sous les fenêtres. Une charrette gronda. Un geignard et tendre « crèmes glacées ! » nous parvint de loin.

*

Il parla de l'école, de l'alcoolisme, de la venue des truites dans la rivière. Je me mis à l'examiner, et j'eus l'impression de le voir véritablement pour la première fois bien que je le connusse depuis longtemps. Lors de notre première rencontre, je l'avais sans doute entr'aperçu et cette première silhouette était restée dans mon cerveau sans se modifier, comme une chose admise, familière. Quand il m'arrivait d'avoir une pensée au sujet de Pal Palytch, il me semblait, je ne sais pourquoi, que non seulement il avait des moustaches rousses, mais également une barbe de même couleur. Une barbe imaginaire est une caractéristique de nombreux Russes. Maintenant, après l'avoir regardé d'une façon assez particulière — avec un regard intérieur —, je voyais qu'en réalité son menton était rond, fuyant, légèrement dédoublé. Le nez était charnu, et je notai sur la paupière gauche un bouton que je connaissais déjà, que l'on avait tellement envie de couper, mais le couper aurait signifié le tuer. Il était, lui seul, entièrement dans cette petite graine. Et quand je compris tout cela, quand je l'eus entièrement examiné, je fis un léger mouvement, très léger, comme si j'avais laissé mon âme glisser sur une pente, et je me répandis en Pal Palytch, j'y pris place, je sentis les choses de l'intérieur de lui-même : le bouton sur la paupière ridée, comme les pointes amidonnées de son col, et la mouche qui trottinait sur sa calvitie. Je le regardais entièrement avec des yeux clairs, furtifs. Le lion jaune au-dessus du lit me sembla depuis longtemps familier, comme s'il était sur ma table depuis l'enfance. La carte postale coloriée, recouverte d'un verre bombé, devint extraordinaire, élégante, enjouée. Devant moi, ce n'était pas toi qui étais assise, mais l'inspectrice de l'école, une dame silencieuse que je ne connaissais guère, dans un petit fauteuil paillé auquel mon dos s'était habitué. Et aussitôt, par le même mouvement léger, je me répandis en toi, je sentis au-dessus du genou le ruban de la jarretière, et plus haut encore le chatouillement de la batiste, je pensai à ta place que tu t'ennuyais, que tu avais chaud, que tu avais envie de fumer. Et au même instant tu sortis de ton sac un étui en or, tu enfonças une cigarette dans le fume-cigarette. Et c'est moi seul qui étais dans tout : en toi, dans la cigarette, dans le fume-cigarette, dans Pal Palytch qui frottait maladroitement une allumette, dans le presse-papiers de verre, dans le bourdon mort sur le rebord de la fenêtre.

Beaucoup d'années se sont écoulées depuis, et je ne sais pas où il se trouve maintenant, ce timide, cet empâté de Pal Palytch. Parfois, peut-être, quand je pense le moins à lui, je le vois en rêve, dans les circonstances de ma vie actuelle. Il entre dans la pièce de sa démarche affairée et souriante, son panama terni dans la main, il salue en passant, essuie son crâne et son cou rouge avec un énorme mouchoir. Et quand je le vois en rêve, inéluctablement tu traverses mon rêve, toi aussi, nonchalante, avec ton gilet de soie et ta ceinture basse.

*

Je ne fus pas très loquace durant cette journée d'extase : j'avalais des flocons de yaourt visqueux, je prêtais attention à tous les sons. Quand Pal Palytch se tut, j'entendis des gargouillements dans son ventre : il piaula tendrement, glouglouta presque. Alors, il toussa d'un air affairé et se hâta de commencer à raconter quelque chose ; il balbutiait et, ne trouvant pas le mot juste, il se renfrognait, tambourinait sur la table avec les phalanges de ses doigts. Renversée dans le petit fauteuil, tu te taisais tranquillement et, ayant tourné ta tête de côté et soulevé ton coude pointu, tu arrangeas tes épingles sur ta nuque, et tu me regardas derrière tes paupières. Tu pensais que j'étais gêné devant Pal Palytch car nous étions venus ensemble et il pouvait deviner nos relations. Et cela me faisait rire que tu penses ainsi, et je riais de voir Pal Palytch rougir, angoissé et blafard, quand tu parlais exprès de ton mari, de son travail.

*

Devant l'école, le soleil éparpillait sous les érables une lumière ocre brûlante. Depuis le seuil, Pal

Palytch, qui nous accompagnait, nous salua, nous remercia d'être passés, salua de nouveau près de la porte ; sur le mur extérieur brillait un thermomètre dans sa blancheur de verre. Après avoir quitté le village et passé le pont, nous avons monté un sentier en direction de ta maison, je t'ai prise par le bras et tu m'as regardé de côté avec ce singulier sourire ténu grâce auquel je savais que tu étais heureuse. J'eus soudain envie de te parler des rides de Pal Palytch, de la cathédrale Saint-Isaac dans les paillettes d'or, mais, à peine avais-je commencé, je sentis que les mots ne me venaient pas comme il fallait, qu'ils étaient indigents, et quand tu me dis affectueusement : « Décadent ! » je me mis à parler d'autre chose. Je le savais : tu avais besoin de sentiments simples, de paroles simples. Tu te taisais avec légèreté et insouciance, comme se taisent les nuages, les plantes. Tout silence contient l'hypothèse d'un secret. A beaucoup tu semblais secrète.

*

Un ouvrier vêtu d'une chemise bouffante aiguisait bruyamment et vigoureusement une faux. Des papillons flottaient au-dessus des scabieuses encore intactes. Sur le sentier une jeune femme se dirigeait vers nous, un fichu vert pâle sur les épaules, des marguerites dans sa coiffure sombre. Je l'avais déjà vue deux ou trois fois, je me souvins de son cou fin et hâlé. En passant à côté de nous elle t'effleura attentivement de ses yeux à peine bridés, puis, après avoir prudemment sauté par-dessus un ruisseau, elle disparut derrière les aulnes. Un frisson argenté glissa sur les buissons mats. Tu dis : « Elle a certainement flâné dans mon parc. Je ne supporte pas ces estivantes... » Le fox, une grosse et vieille chienne, courait sur le sentier à la rencontre de sa maîtresse. Tu adorais les chiens. La chienne s'approcha en rampant, en se démenant et en dressant les oreilles. Sous ta main tendue, elle se mit sur le dos et exhiba son ventre rose couvert de taches grises de géographie. « Ah toi, ma belle ! » dis-tu d'une voix particulière, caressante.

Le fox se vautra, glapit en minaudant, et courut plus loin ; il galopa à travers le ruisseau.

Comme nous approchions déjà du portail du parc, tu eus envie de fumer ; mais, après avoir fouillé dans ton sac, tu dis dans un claquement de langue : « C'est idiot ! J'ai oublié mon fume-cigarette chez lui. » Tu me touchas l'épaule : « Mon chéri, file ! Sinon je ne peux pas fumer. » En riant, j'embrassai tes cils mobiles, ton sourire ténu.

Tu crias derrière moi : « Vite ! » Et alors je me mis à courir, non parce qu'il fallait se hâter, mais parce que tout semblait courir autour de nous : le chatoiement des buissons, comme les ombres des nuages sur l'herbe humide, et les fleurs mauves qui avaient été épargnées par l'éclair du faucheur dans le ravin.

*

Une dizaine de minutes plus tard, la respiration brûlante, je montais l'escalier de l'école. Je frappai du poing sur la porte marron. Dans la chambre les ressorts d'un matelas grincèrent. Je tournai la poignée de la porte : fermée. « Qui est-ce ? » répondit, embarrassé, Pal Palytch. Je criai : « Mais laissez-moi entrer ! » De nouveau le matelas crissa ; des pieds nus traînèrent. « Pourquoi vous enfermez-vous, Pal Palytch ? » Et je remarquai aussitôt que ses yeux étaient rouges. « Entrez, entrez... Enchanté. Voyez-vous, je dormais. Je vous en prie.

— Le fume-cigarette est resté ici », dis-je en m'efforçant de ne pas le regarder.

On trouva sous le fauteuil un petit tube vert émaillé. Je le fourrai dans ma poche. Pal Palytch trompeta dans son mouchoir.

« C'est un être merveilleux », remarqua-t-il de façon inopinée en s'asseyant lourdement sur le lit. Il soupira. Il regarda de côté : « Il y a chez la femme russe, vous savez, ce... » — il se rida complètement, s'essuya le front avec sa main — « ce... (il gloussa doucement)... ce sens du sacrifice. Il n'y a rien de plus beau au monde. Un sens du sacrifice extraordinairement subtil, extraordinairement beau » — il se tordit les mains, resplendit d'un sourire lyrique — « extraordinairement... » Il se tut et demanda sur un autre ton cette fois, qui me faisait souvent rire : « Et que me raconterez-vous d'autre, mon cher ? » J'eus envie de l'embrasser, de lui dire quelque chose de très affectueux, d'essentiel. « Vous devriez vous promener, Pal Palytch. Quelle idée de rester avec son cafard dans une pièce où l'on étouffe. » Il fit un geste de la main. « Peu m'importe ! On étouffe, c'est tout... » Il frotta ses yeux gonflés et ses moustaches avec sa main, de haut en bas. « Ce soir, peut-être, j'irai pêcher... » Le bouton familier sur sa paupière ridée tressauta. Il fallait lui demander : « Pal Palytch, mon ami, pourquoi étiez-vous couché, blotti contre l'oreiller ? De quoi s'agit-il ? D'un rhume des foins ou d'une grande tristesse ? Avez-vous déjà aimé une femme ? Et pourquoi devriez-vous pleurer aujourd'hui, alors qu'il y a du soleil dehors, des flaques... »

« Bon, il est temps que je file, Pal Palytch », dis-je après avoir jeté un œil sur les verres en désordre, le Tolstoï typographique et les bottes à tirant sous la table.

Deux mouches se posèrent sur le sol rouge. L'une grimpa sur l'autre. Elles bourdonnèrent. Elles s'envolèrent. « Ah la ! la !... » soupira lentement Pal Palytch. Il hocha la tête. « C'est ainsi, filez ! »

*

Je courus de nouveau sur le sentier en longeant les aulnes. Je sentais que je m'étais purifié dans la tristesse de quelqu'un d'autre, que je luisais des larmes de quelqu'un d'autre. C'était une sensation de bonheur, et depuis je ne l'ai que rarement connue, en voyant un arbre penché, un gant déchiré, les yeux d'un cheval. De bonheur, car elle s'écoulait harmonieusement. De bonheur, comme tout mouvement, tout rayonnement. J'ai été autrefois disloqué en milliers d'êtres et d'objets, maintenant je suis rassemblé en un tout, demain je me disloquerai de nouveau. Et tout dans le monde s'écoule ainsi. Et ce jour-là j'étais sur la crête d'une vague, je savais que tout autour de moi était constitué de notes d'une même harmonie, je savais — secrètement — comment étaient apparus, comment devaient se résoudre des bruits réunis l'espace d'un instant, quel nouvel accord serait suscité par chacune des notes dispersées. L'oreille musicale de mon âme savait tout, comprenait tout.

*

Tu m'accueillis dans le jardin, près des marches de la véranda, et tes premiers mots furent : « Mon mari a téléphoné de la ville pendant que je n'étais pas là. Il arrive par le train de dix heures. Il s'est passé quelque chose. On le mute, peut-être ? »

Une bergeronnette — un vent bleu — trottina sur le sable : elle s'arrête — deux ou trois petits pas — elle s'arrête, et de nouveau des petits pas. La bergeronnette, le fume-cigarette, tes paroles, les taches de soleil sur la robe. Les choses ne pouvaient être qu'ainsi.

« Je sais à quoi tu penses, dis-tu en relevant les sourcils ; qu'on va nous dénoncer à lui et ainsi de suite. Mais peu importe... Tu sais que je... » Je te regardai droit dans les yeux. De toute mon âme, étendue, je te regardais. Je me cognai à toi. Tes yeux étaient clairs, comme si une feuille de papier de soie, celles qui recouvrent les illustrations des livres précieux, en était partie. Et ta voix était claire, pour la première fois. « Tu sais ce que j'ai décidé. Voilà. Je ne peux vivre sans toi. Je lui dirai donc. Il m'accordera le divorce tout de suite. Et alors nous pouvons, disons à l'automne... »

Je t'interrompis par mon silence. Une tache de soleil glissa de ta jupe sur le sable : tu t'écartas légèrement.

Que puis-je te dire ? La liberté ? La prison ? Je ne t'aime pas suffisamment ? Ce n'est pas cela.

Un moment s'écoula : durant cet instant beaucoup de choses s'étaient passées dans le monde : quelque part un gigantesque bateau était allé par le fond, on avait déclaré la guerre, un génie était né. Ce moment s'était écoulé.

« Voici ton fume-cigarette, dis-je après m'être raclé la gorge. Il était sous le fauteuil. Et tu sais, quand je suis entré, Pal Palytch, apparemment... »

Tu dis : « D'accord. Maintenant tu peux partir. » Tu te retournas et gravis en courant les marches. Tu attrapas la poignée de la porte vitrée, tu la tiras, tu ne pus l'ouvrir tout de suite. C'était probablement douloureux.

*

Je restai un moment dans le jardin, dans l'humidité suave, puis, après avoir fourré les mains au fond de mes poches, je fis le tour de la maison sur le sable moucheté. Je trouvai ma bicyclette près de l'entrée principale. Je m'appuyai sur les cornes basses du guidon et démarrai dans l'allée du parc. Il y avait çà et là des crapauds. Par mégarde je roulai sur l'un d'eux. Il craqua sous le pneu. Il y avait un banc au bout de l'allée. J'appuyai la bicyclette contre un tronc. Je m'assis sur une planche toute blanche. Je pensais que dans quelques jours j'allais probablement recevoir une lettre de toi, tu m'appellerais, mais je ne reviendrais pas. Avec son piano à queue, les volumes empoussiérés de la *Revue pittoresque,* les silhouettes dans les cadres ronds, ta maison s'estompa dans un lointain merveilleux et mélancolique. Il m'était doux de te perdre. Tu partis, après avoir brusquement tiré la porte vitrée. Mais c'est une autre qui partit différemment, en ouvrant des yeux pâles sous mes baisers de bonheur.

*

Je restai assis jusqu'au soir. Comme sur des fils invisibles s'agitaient des moucherons de bas en haut. Soudain, je sentis non loin de moi une tache claire : ta robe... toi...

Tout avait fini de résonner en effet : c'est pour cela que je fus mal à l'aise que tu sois de nouveau là, non loin de moi, hors de mon champ de vision, que tu t'avances, que tu t'approches. Dans un effort je tournai mon visage. Ce n'était pas toi, mais la demoiselle au fichu verdâtre : tu t'en souviens ? Nous l'avions croisée... Et le fox avait un ventre si drôle...

Elle passa dans les trouées du feuillage, sur la passerelle qui menait à la petite tonnelle aux vitres teintées. Cette demoiselle s'ennuie, elle se promène dans ton parc, je ferai sans doute sa connaissance un jour ou l'autre.

Je me levai lentement, lentement je sortis du parc

immobile vers la grand-route, face à l'immense soleil couchant, je dépassai une calèche après le tournant : c'était ton cocher Sémione qui allait au pas vers la gare. En me voyant il ôta lentement sa casquette et après avoir lissé les mèches luisantes de son crâne, il la remit. Une couverture à carreaux était pliée sur le siège. Un éclat de soleil glissa dans l'œil du hongre moreau. Et quand, ayant cessé de pédaler, je filai au pied de la colline vers la rivière, je vis depuis le pont le panama et les épaules rondes de Pal Palytch qui était assis en bas, sur un ressaut de la berge, une ligne dans la main.

Je freinai et m'arrêtai après avoir posé une main sur la rambarde.

« Hep ! Pal Palytch, ça mord ? » Il regarda en haut, fit un geste gentil de la main. Au-dessus du miroir rose passa une chauve-souris. Le feuillage s'y reflétait, telle une dentelle noire. De loin Pal Palytch cria quelque chose, fit un geste pour m'appeler. Un autre Pal Palytch tremblait dans l'eau comme un frémissement noir. J'éclatai de rire et m'écartai de la rambarde. Je filai sans bruit sur le chemin piétiné le long des isbas. L'air mat fut traversé par un beuglement ; des quilles furent projetées en l'air. Plus loin, sur la route, dans l'immensité du soleil couchant, dans les champs obscurément embrumés, c'était le silence[1].

1. « Zvouki », nouvelle écrite en septembre 1923 et conservée dans les archives Nabokov à Montreux.

Ici on parle russe

Le débit de tabac de Martyn Martynytch[1] est situé dans un immeuble à l'angle d'une rue. Ce n'est pas pour rien que les débits de tabac nourrissent un certain penchant pour les angles de rue : le commerce de Martyn Martynytch est animé. La vitrine n'est pas grande, mais bien agencée. De petits miroirs égayent l'étalage. En bas, des paquets de cigarettes bariolés, qui portent des noms dans ce sabir international de magazine qui sert également pour les noms d'hôtels, sont dans des ornières de velours bleu ; et un peu plus haut, de légères boîtes découvrent des rangées de cigares.

En son temps, Martyn Martynytch avait été un propriétaire bienheureux : il marque mes souvenirs d'enfance par un tracteur extravagant. Son fils Pétia[2] et moi avons attrapé ensemble la maladie de « Mayne Reid » et la scarlatine, de sorte que mainte-

1. Martyn (prononcé « Martyne ») Martynytch est une forme familière de Martin Martinovitch.

2. Diminutif de Piotr.

nant, après quinze années bourrées de tout et de n'importe quoi, il m'était agréable de passer devant le débit de tabac à l'angle de rue animé où Martyn Martynytch tient boutique.

D'ailleurs, depuis l'an dernier ce ne sont pas seulement les souvenirs qui nous lient. Martyn Martynytch a un secret et j'ai été initié à ce secret. Je lui demande en chuchotant : « Alors ! tout va bien ? » Lui, d'une voix tout aussi basse, me répond en se retournant : « Oui, grâce à Dieu, tout est calme. » Ce secret est complètement inouï... Je me souviens que je partais à Paris et, la veille de mon départ, j'étais resté jusqu'au soir chez Martyn Martynytch. On peut comparer l'âme d'un homme à un grand magasin, chez qui les deux vitrines sont les yeux. A en juger par les yeux de Martyn Martynytch, les nuances chaudes et marron étaient à la mode ; à en juger par ses yeux, la marchandise dans son âme était d'excellente qualité. Et quelle immense barbe épaisse, quel vigoureux poil russe, si gris, si brillant ! Et les épaules, la taille, ses manières... Une rumeur courait autrefois le concernant selon laquelle il découpait au sabre un mouchoir : exploit à la Richard Cœur de Lion ! Maintenant, mes camarades d'émigration avaient l'habitude de dire avec envie : « Il tient le coup, le bonhomme ! »

Son épouse était une vieille femme affectueuse, potelée, avec une verrue près de la narine gauche. Elle avait gardé de l'époque éprouvante de la Révolution un tic attendrissant sur le visage : elle levait rapidement les yeux au ciel. Pétia était de la même trempe robuste que son père... Sa tendre acrimonie et son humour imprévu me plaisaient. Il avait un grand visage flasque dont son père disait : « Quelle trogne ! En trois jours on n'en fait pas le tour », et des cheveux roux foncé, constamment ébouriffés. Pétia possédait dans un quartier inhabité de la ville un minuscule cinéma qui lui procurait des revenus très modestes. Voilà toute la famille.

La veille de mon départ, j'avais donc passé la journée assis près du comptoir à regarder Martyn Martynytch accueillir les clients : légèrement, de deux doigts, il prend appui sur le comptoir, puis fait un pas vers l'étagère, exhibe la boîte et demande en l'ouvrant de l'ongle du majeur : « *Eine Rauchen ?* » Cette journée est restée dans ma mémoire, voici pourquoi : soudain, Pétia était arrivé de la rue, hirsute et noir de rage. La nièce de Martyn Martynytch s'apprêtait à retourner à Moscou pour voir sa mère, et Pétia arrivait tout juste de la représentation diplomatique. Alors qu'un des représentants lui donnait un formulaire, un autre, qui avait visiblement des liens avec la direction politique de l'État, avait chuchoté de façon à peine audible : « ... Qu'est-ce que c'est que cette racaille blanche qui traîne par là ? » « J'aurais pu en faire de la bouillie, dit Pétia en frappant son poing dans sa paume, mais malheureusement, je me suis souvenu de ma tante de Moscou.

— Tu as déjà quelques petits péchés sur la conscience », gronda tendrement Martyn Martynytch. Il faisait allusion à un incident extrêmement drôle. Peu de temps auparavant, le jour de sa fête, Pétia s'était rendu à la librairie soviétique dont la présence gâche une des plus charmantes rues de Berlin. On y vend non seulement des livres, mais toutes sortes d'objets artisanaux. Pétia avait choisi un marteau décoré de coquelicots et orné d'une légende adéquate pour un marteau soviétique. L'employé avait demandé à Pétia s'il désirait acheter quelque chose d'autre. Pétia avait dit : « Oui, certainement », et il avait hoché la tête en direction d'un petit buste en plâtre de M. Oulianov. Pour le buste et le marteau, il avait payé quinze marks et immédiatement après, sans dire un mot, il avait cassé à l'aide de ce marteau le buste sur le comptoir, de sorte que M. Oulianov s'était fracassé.

J'aimais ce récit, comme j'aimais, par exemple, les gentilles blagues de mon inoubliable enfance qui me réchauffent l'âme. Alors que j'écoutais Martyn Martynytch, je regardai Pétia en riant. Mais Pétia haussa d'un air maussade les épaules et se renfrogna. Martyn Martynytch, qui avait fouillé dans une boîte, lui tendit la cigarette la plus chère de la boutique. Pétia, cependant, ne retrouva pas sa bonne humeur pour autant.

Je revins à Berlin six mois plus tard. Un dimanche matin j'eus envie d'aller voir Martyn Martynytch. Les jours d'ouverture, on pouvait aller chez lui en passant par la boutique car son appartement se trouvait juste derrière : trois pièces et une cuisine. Mais ce dimanche matin la boutique était fermée, bien sûr, et la vitrine avait baissé son mézail grillagé. A travers le grillage, je jetai un coup d'œil sur les paquets rouge et doré, les cigares basanés, la modeste inscription dans un coin : « Ici on parle russe » ; je songeai que l'étalage était devenu plus joyeux, en quelque sorte, et je traversai la cour pour me rendre chez Martyn Martynytch. Chose étrange, Martyn Martynytch lui-même me parut encore plus joyeux, plus alerte, plus lumineux qu'auparavant. Quant à Pétia, il était impossible de le reconnaître : ses mèches de cheveux gras étaient ramenées en arrière, un sourire large et légèrement timide ne quittait pas ses lèvres, il était saturé de silence, et une joyeuse anxiété, comme s'il portait en lui une charge précieuse, amollissait tous ses mouvements. Seule sa mère restait aussi pâle qu'autrefois, et le même tic attendrissant parcourait son visage, tel un léger éclair. Nous étions assis dans leur salon propret, et je savais que les deux autres pièces — la chambre de Pétia et celle de ses parents — étaient tout aussi confortables et propres, et cette pensée m'était agréable. Je buvais du thé avec une rondelle de citron, j'écoutais la douce voix de Martyn Martynytch et ne pouvais me départir de l'impression qu'il y avait quelque chose de nouveau dans leur appartement, un mystérieux frémissement de joie, comme c'est le cas, disons, dans un appartement où une jeune femme vient d'accoucher. A deux ou trois reprises Martyn Martynytch regarda avec anxiété son fils et celui-ci se leva aussitôt, sortit de la pièce et fit en revenant un léger signe de tête à son père qui voulait dire que tout se passait bien.

Il y avait quelque chose de nouveau et pour moi d'énigmatique dans la conversation du vieil homme. Nous parlions de Paris, des Français, et soudain il me demande : « Dites-moi donc, mon petit, quelle est la plus grande prison de Paris ? » Je répondis que je l'ignorais et je me mis à parler d'une revue de music-hall de là-bas où l'on voit des dames peintes en bleu. « Voilà autre chose ! » dit en m'interrompant Martyn Martynytch. « On prétend, par exemple, que les femmes emprisonnées grattent le plâtre pour s'en blanchir les joues ou le cou. » Pour confirmer ses dires, il alla prendre dans sa chambre un gros volume d'un criminaliste allemand et y trouva le chapitre consacré à la vie quotidienne en prison. J'essayais de changer la conversation, mais quel que soit le sujet que je choisisse, Martyn Martynytch y revenait par des détours subtils, de sorte que nous nous retrouvions soudain en train de réfléchir à l'humanitarisme de l'emprisonnement à perpétuité comparé à la peine capitale ou bien aux ruses qu'inventent les criminels pour s'évader.

J'étais perplexe. Pétia, qui adorait les mécanismes de toutes sortes, farfouillait avec un canif dans les ressorts de sa montre et avait des petits rires étouffés. Sa mère cousait et me tendait de temps en temps des gâteaux secs ou de la confiture. Martyn Martynytch, qui avait enfoncé ses cinq doigts dans sa barbe broussailleuse, fit luire vers moi un œil roux et torve, et soudain quelque chose se brisa en lui. Il donna un coup de poing sur la table et s'adressa à son fils. « Je n'en peux plus, Pétia, je vais tout lui dire. Sinon je vais exploser. » Pétia acquiesça d'un signe de tête, sans rien dire. La femme de Martyn Martynytch se leva pour aller à la cuisine et hocha la tête affectueusement : « Quel bavard tu fais, tout de même ! » Martyn Martynytch me posa la main sur l'épaule, me secoua de telle sorte que si j'avais été un pommier de son jardin, des pommes seraient tombées, et il me regarda droit dans les yeux. « Je vous préviens, dit-il, je vais vous faire part d'un secret, un secret tel que... que, à vrai dire, je ne sais si... Attention, vous ne dites rien. Compris ? »

Et après s'être penché tout près de moi, m'inondant d'une odeur de tabac et de sa propre odeur puissante de vieillard, Martyn Martynytch me raconta une histoire véritablement remarquable [1].

« C'est arrivé, commença Martyn Martynytch, peu après votre départ. Un client est passé. Il n'avait visiblement pas remarqué la pancarte dans la vitrine : il s'est adressé à moi en allemand. Soulignons cela : s'il avait remarqué la pancarte, il ne serait pas entré dans une petite boutique d'émigré. J'ai tout de suite décelé en lui un Russe, d'après la prononciation. Et puis il avait une trogne de Russe. Bien entendu, je me suis mis à parler dans ma langue maternelle, et je lui ai demandé le prix, la marque qu'il désirait. Il a été désagréablement surpris, il m'a regardé bizarrement. Il m'a dit assez insolemment : " Comment avez-vous décidé que j'étais russe ? " Je lui ai répondu quelque chose sur un ton, me semble-t-il, plein de bonhomie et je me suis mis à lui compter des cigarettes. A cet instant, Pétia est entré. Il a vu mon acheteur et a dit le plus calmement du monde : " Quelle agréable

1. Remarque de l'auteur. Dans cette histoire tous les traits et les indices pouvant faire allusion au véritable Martyn Martynytch sont, bien entendu, consciemment déformés. Je dis cela afin que les curieux ne cherchent pas inutilement le « débit de tabac de la maison du coin de la rue ».

rencontre ! ” Et alors mon Pétia s’approche tout près de lui et lui assène un coup de son gros poing sur une pommette. L’autre se fige. Comme Pétia me l’a expliqué par la suite, il n’en est pas résulté un simple knock-out, comme lorsqu’un homme s’affale aussitôt par terre, mais un knock-out d’un genre particulier ; Pétia, en fait, lui avait donné un coup à retardement, et l’autre s’était endormi debout. Et il semblait effectivement dormir debout. Ensuite, il s’est mis à se pencher lentement en arrière, comme une tour. Là, Pétia est allé derrière lui et l’a attrapé sous les bras. Tout cela était absolument imprévu. Pétia a dit : “ Aide-moi, papa ! ” Je lui ai demandé ce qu’il faisait au juste. Pétia a seulement répété : “ Aide-moi ! ” Je connaissais bien Pétia — il n’y a pas de quoi ricaner, Pétia — et je sais que c’est un type sérieux, dur à la détente et qui n’estourbit pas les gens pour rien. Nous avons traîné l’homme, toujours évanoui, depuis la boutique vers le couloir, et ensuite dans la chambre de Pétia. Là, j’ai entendu la clochette : quelqu’un était entré dans le magasin. Heureusement, bien sûr, que cela ne s’était pas produit avant. Moi, je retourne dans la boutique, j’abandonne la marchandise et ensuite, heureusement, ma femme est arrivée avec des commissions, et je l’ai aussitôt envoyée à la boutique ; moi, sans rien dire, je pile dans la chambre de Pétia. L’homme était étendu par terre, les yeux fermés. Et Pétia était assis près de la table et regardait comme ça, d’un air songeur, certains objets, comme ce grand porte-cigarettes en cuir, une demi-douzaine de cartes postales indécentes, un portefeuille, un passeport, un vieux revolver, mais en état de marche apparemment. Il m'a aussitôt expliqué ce dont il s'agissait : comme vous le devinez, j'en suis sûr, c'étaient les affaires retirées de la poche de cet homme, lequel n'était autre que ce représentant — vous vous en souvenez ! Pétia vous l'avait raconté — qui avait ironisé sur la racaille blanche, ouais, ouais ! Et à en juger d'après certains papiers, il était lui-même un membre tout ce qu'il y a de plus vrai du Guépéou. C'est bien, ai-je dit à Pétia, tu as cassé la gueule à quelqu'un, avec ou sans raison, la question n'est pas là, mais explique-moi, s'il te plaît, qu'as-tu l'intention de faire maintenant ? Apparemment tu as oublié ta tante de Moscou ? “ Oui, je l'ai oubliée, a dit Pétia, nous devons trouver une solution. ”

« Et on l'a trouvée. D'abord, on a dégoté une corde solide et on lui a bâillonné la bouche avec une serviette. Pendant qu'on s'occupait de lui, il a repris ses esprits et ouvert un œil. Il avait une trogne qui, vue de près, c'est moi qui vous le dis, était ignoble, et stupide en plus : des escarres sur le front, une petite moustache, le nez en patate. Après l'avoir laissé par terre, nous nous sommes confortablement installés dans le voisinage et nous avons entamé les débats du procès. On a longuement marchandé. On n'était pas tant préoccupés par le fait lui-même de l'offense — c'était un détail, bien entendu — que par toute cette profession, si je puis dire, et ses agissements en Russie. Le dernier mot a été offert au prévenu. Quand on a dégagé sa bouche de la serviette, il s'est mis à gémir, à sangloter, mais il n'a rien dit, sauf : “ Vous allez voir, vous allez voir... ” La serviette a été renouée, et la séance a suivi son cours. Les voix ont tout d'abord été divergentes. Pétia exigeait la peine de mort. Je trouvais qu'il méritait la mort, mais j'ai proposé de commuer cette peine en celle d'emprisonnement à perpétuité. Pétia a réfléchi, et il est tombé d'accord avec moi. J'ai ajouté qu'il avait commis des crimes, bien entendu, mais qu'on ne pouvait pas le prouver, que son travail à lui seul était un crime, que notre devoir consistait seulement à le mettre hors d'état de nuire, et basta ! Maintenant, écoutez la suite !

« Au bout du couloir nous avons une salle de bains. C'est une pièce sombre, extrêmement sombre, avec une baignoire en fer blanchi. L'eau est souvent en grève. Il y a des cafards. S'il fait si sombre dans cette petite pièce, c'est parce que la fenêtre est extrêmement étroite et située juste sous le plafond, et en plus, juste en face de la fenêtre, à une distance d'une archine[1], peut-être moins, il y a un robuste mur en brique. Et c'est donc dans ce réduit qu'on a décidé de maintenir le prisonnier. C'était une idée de Pétia ; oui, oui ! Pétia, il faut rendre à César ce qui est à César. Bien entendu, au début il a fallu installer la cellule comme il convient. On a d'abord traîné le prisonnier dans le couloir, afin qu'il soit tout près quand on travaillait. Là, ma femme, qui venait de fermer boutique pour la nuit et qui allait dans la cuisine, nous a aperçus. Elle a été très surprise, même scandalisée, mais ensuite elle s'est rangée à nos conclusions. C'est une gentille épouse. D'abord,

1. Ancienne mesure russe égale à 0,71 m.

Pétia a déglingué la solide table qui était dans la cuisine : il en a détaché les pieds et a cloué le plateau ainsi obtenu sur la fenêtre de la salle de bains. Ensuite, il a dévissé les robinets, il a emporté le calorifère qui servait à chauffer l'eau et il a mis un matelas dans la baignoire. Les jours suivants, bien entendu, on a introduit toutes sortes d'améliorations : on a changé la serrure, mis un cadenas, fixé du métal sur la planche de la fenêtre, et tout cela, bien entendu, sans faire trop de bruit ; on n'a pas de voisins, comme vous savez, mais il fallait malgré tout agir prudemment. Et on a obtenu une véritable cellule de prison, où l'on a enfermé le collaborateur du Guépéou. On a défait les cordes, délié la serviette, on l'a prévenu que s'il criait on allait de nouveau l'emmailloter, et pour longtemps ; une fois certains qu'il avait compris à qui était destiné le matelas placé dans la baignoire, nous avons fermé la porte à clé et nous avons monté la garde à tour de rôle toute la nuit.

« Depuis ce jour, c'est une nouvelle vie qui a commencé. Je ne suis plus seulement Martyn Martynytch, mais le geôlier Martyn Martynytch. Au début, le prisonnier était si hébété par ce qui lui arrivait qu'il se conduisait calmement. Rapidement, cependant, il a retrouvé son état normal et quand nous lui avons apporté à déjeuner, il nous a accueillis avec une bordée d'injures. Je ne peux vous répéter la façon dont cet homme jurait ; je dirai seulement qu'il a mis dans les situations les plus curieuses ma défunte mère. On a décidé de lui enfoncer dans la tête quel était son statut juridique. Je lui ai expliqué qu'il t en prison jusqu'à la fin de ses jours, que si je mourrais avant lui, je le donnerais en héritage à Pétia, que mon fils à son tour le transmettrait à mon futur petit-fils et ainsi de suite, et qu'il deviendrait ainsi une tradition familiale, une relique de famille. J'avais d'ailleurs fait allusion au fait que si, contre toute attente, nous devions déménager dans un autre appartement à Berlin, il serait ligoté, mis dans un coffre spécial et il déménagerait le plus tranquillement du monde avec nous. Je l'ai prévenu qu'il ne serait amnistié que dans un seul cas. A savoir : il serait remis en liberté le jour où les bolcheviks crèveront. Enfin, je lui ai promis qu'on le nourrirait bien, bien mieux que la façon dont on m'a nourri quand j'étais emprisonné au Guépéou et que, à titre de privilège exceptionnel, on lui donnerait des livres. Et en effet, jusqu'à présent, il ne s'est pas plaint une seule fois de la nourriture, me semble-t-il. Il est vrai qu'au début Pétia a proposé qu'on le nourrisse de poisson séché, mais il a eu beau courir partout, on n'en a pas trouvé à Berlin. Il a fallu le nourrir bourgeoisement. Le matin, à huit heures tapantes, Pétia et moi nous entrons, nous posons près de sa baignoire une écuelle de soupe chaude avec de la viande et une miche de pain gris. Par la même occasion, on emporte le seau, un ustensile extrêmement subtil qu'on a inventé spécialement pour lui. A trois heures, il reçoit un verre de thé, et à sept heures, à nouveau de la soupe. Ce système d'alimentation est calqué sur le modèle du système appliqué dans les meilleures prisons européennes.

« En ce qui concerne les livres, les choses étaient

plus complexes. On a organisé un conseil de famille et, pour commencer, on s'est arrêté sur trois livres : *Le Prince Serebrianyï*[1], les *Fables* de Krylov et *Le tour du monde en quatre-vingts jours*. Il a déclaré qu'il ne lirait pas ces " brochures de garde blanc ", mais on lui a laissé ces livres et il y a tout lieu de penser qu'il les a lus avec plaisir.

« Il a été dans de meilleures dispositions. Il s'est calmé. Apparemment il s'était imaginé je ne sais quoi. Peut-être espérait-il que la police allait le rechercher ? Nous parcourions les journaux, mais on ne disait rien du tchékiste disparu. Les autres représentants avaient sans doute décidé que le bonhomme avait tout simplement pris la fuite et ils avaient préféré étouffer l'affaire. C'est à cette période d'incertitude que remonte sa tentative d'évasion ou du moins de faire connaître sa présence au monde extérieur. Il tapait des pieds dans sa cellule, tentait sans doute d'atteindre la fenêtre, essayait de démonter les planches, essayait de cogner, mais on l'a menacé, et il a cessé de frapper. Et un jour, quand Pétia est entré seul dans sa cellule, il s'est jeté sur lui. Pétia l'a gentiment ceinturé et l'a reposé dans la baignoire. Après cet incident, il a de nouveau changé, il est devenu tout à fait charmant, il plaisantait même, et enfin il a essayé de nous acheter. Il a proposé une somme énorme et promis de l'obtenir par l'intermédiaire de quelqu'un. Comme cela ne changeait rien, il s'est mis à pleurnicher, et

1. Roman historique d'Alexeï Tolstoï (1817-1875), publié en 1861 et dénonçant, notamment, le despotisme.

puis à jurer encore plus qu'avant. Maintenant, il est dans un stade de résignation maussade qui, je le crains, ne conduira à rien de bon.

« On lui fait faire une promenade quotidienne dans le couloir, et deux fois par semaine on aère la pièce en ouvrant la fenêtre : évidemment, à cette occasion, nous prenons toutes les précautions pour qu'il ne crie pas. Le samedi, il prend un bain. En ce qui nous concerne, nous devons nous laver dans la cuisine. Le dimanche, je lui fais de brefs cours et je lui donne trois cigarettes à fumer, en ma présence, bien entendu. Sur quoi portent ces cours ? Sur tout et n'importe quoi. Sur Pouchkine, par exemple, ou sur la Grèce antique. Mais sur la politique, rien du tout. Il est absolument privé de politique. Exactement comme si, d'une manière générale, cette chose n'existait pas au monde. Et vous savez quoi ? Depuis que je tiens un homme enfermé, depuis que je sers la patrie, je suis carrément un autre homme. Fringant et heureux. Et les affaires se sont mises à mieux marcher, de sorte qu'il n'est pas si difficile de l'entretenir. Il me revient à une vingtaine de marks par mois, en comptant les dépenses d'électricité : il fait complètement sombre chez lui, de sorte que de huit heures du matin à huit heures du soir, il y a une ampoule de faible puissance qui brûle chez lui.

« Vous me demandez de quel milieu il est ? Mais, comment vous dire... Il a vingt-quatre ans, c'est un moujik ; il n'a certainement pas terminé l'école, même pas celle de son village ; il a été ce qu'on appelle un " honnête communiste ", il n'a étudié que le B.A.-BA politique, ce qui signifie pour nous la quadrature des cercles imbéciles, voilà tout ce que je sais. Et d'ailleurs, si vous le souhaitez, je vais vous le montrer. Seulement souvenez-vous, souvenez-vous bien : motus ! »

Martyn Martynytch alla dans le couloir. Pétia et moi nous le suivîmes. Le vieillard, dans sa veste d'intérieur douillette, jouait les gardiens de prison. En route, il sortit la clé et il y avait quelque chose de quasiment professionnel dans la façon dont il la fit entrer dans la serrure. La serrure crépita deux fois, et Martyn Martynytch ouvrit la porte.

Ce n'était pas du tout une écurie sinistre, mais une salle de bains superbe et vaste, comme il en existe dans les maisons allemandes bien équipées. Une lumière électrique agréable aux yeux brûlait, protégée par un joli petit abat-jour décoré. Sur le mur de gauche luisait un miroir... Il y avait des livres sur la table à côté de la baignoire, une orange épluchée dans une petite assiette blanche, une bouteille de bière non entamée. Dans la baignoire blanche, un gaillard barbu, replet et l'œil vif, vêtu d'un peignoir de bain duveteux qui venait des épaules du maître de maison, avec des chaussons doux et chauds, était allongé sur le matelas recouvert d'un drap propre, avec un grand oreiller sous la nuque.

« Alors ? » demanda Martyn Martynytch en se tournant vers moi.

Cela me faisait rire, je ne savais que dire.

« La fenêtre était là-bas », dit Martyn Martynytch en me montrant l'endroit avec son doigt. La fenêtre, c'était exact, avait été superbement murée.

Le prisonnier bâilla et se tourna contre le mur.

Nous sommes sortis. Martyn Martynytch a secoué le cadenas en souriant. « Il ne s'enfuira pas, des clous ! » dit-il pour ajouter ensuite d'un air songeur : « J'aimerais bien savoir, tout de même, combien d'années il va rester ici[1]... »

1. « Govoriat po-rousski ». Nouvelle écrite en 1923. Dactylographie des archives Nabokov de Montreux.

Les dieux

Je vois ceci maintenant dans tes yeux : une nuit pluvieuse ; une rue étroite ; des réverbères qui s'estompent tout le long. L'eau coule dans les conduites depuis les toits escarpés. Sous la gueule de serpent de chaque conduite, il y a un seau enserré dans un collier vert. Il y a des rangées de seaux de part et d'autre, le long des murs noirs. Je les regarde se remplir de mercure froid. Le mercure de pluie, une fois gonflé, déborde. Au loin voguent des réverbères tête nue. Leurs rayons se hérissent dans le crachin. L'eau regorge dans les seaux.

Ainsi, j'entre dans tes yeux d'intempérie, dans la venelle d'un éclat noir où bruit et murmure la pluie nocturne. Souris ! Pourquoi me regardes-tu si douloureusement et si sombrement ? Le matin. Toute la nuit les étoiles ont crié de leurs voix enfantines et quelqu'un sur le toit a déchiré et caressé un violon de son archet acéré. Regarde ! Le soleil est passé lentement sur le mur comme une voile de feu. Tu es tout enfumée. Dans tes yeux la poussière s'est mise à tournoyer : des millions de mondes dorés. Tu as souri !

Nous sortons sur le balcon. Le printemps. En bas, au milieu de la rue, un garçon aux boucles jaunes dessine vite, très vite, un dieu. Le dieu s'étire d'un trottoir à l'autre. Le garçon a serré dans sa main un morceau de craie — un fusain blanc — et il s'est recroquevillé, il passe et repasse, dessine avec de grands gestes. Le dieu blanc a attaché ses grands boutons blancs, ses pieds sont à l'envers. Il est crucifié sur l'asphalte et regarde le ciel de ses yeux ronds. Sa bouche est un arc blanc. Un cigare grand comme une bûche est apparu dans sa bouche. Le garçon trace des spirales de fumée comme des coups de fusil. Les mains sur les hanches, il regarde. Il a ajouté un autre bouton... En face, le cadre d'une fenêtre a cliqueté : une voix de femme, énorme et heureuse, a roulé, a appelé. Le garçon a fait valser la craie d'un coup de pied, il s'est précipité chez lui. Sur l'asphalte mauve reste un dieu blanc et géométrique qui regarde le ciel.

De nouveau tes yeux se sont emplis de ténèbres. Je comprenais ce dont tu te souvenais, bien sûr. Dans un coin de notre chambre, sous l'icône, il y a une balle de caoutchouc coloré. Parfois, d'un bond léger et triste, elle tombe de la table et roule doucement par terre.

Remets-la à sa place, sous l'icône, et, tu sais, allons nous promener !

L'air printanier. Légèrement duveteux. Vois-tu ces tilleuls le long de la route ? Les branches noires, dans des paillettes vertes et humides. Tous les arbres au monde se déplacent quelque part. Pèlerinage éternel. Te souviens-tu des arbres qui marchaient le long des fenêtres des wagons quand nous venions ici, dans cette ville ? Te souviens-tu des douze tilleuls qui se concertaient pour savoir comment traverser la rivière ? Et il y a plus longtemps encore, en Crimée, j'ai vu un cyprès penché au-dessus d'un amandier en fleur. Le cyprès avait été autrefois un grand gaillard de ramoneur avec sa brosse en fil de fer et son échelle sous le bras. Il était, le pauvre, fou d'une blanchisseuse, rose comme les pétales de fleurs d'amandier. Ils avaient alors fini par se retrouver, et ils allaient ensemble quelque part. Son tablier rose se gonfle ; il s'est penché timidement vers elle, comme s'il avait encore peur de la tacher avec de la suie. C'est un très joli conte.

Tous les arbres sont des pèlerins. Ils ont leur Messie, et ils le cherchent. Leur Messie est le royal cèdre du Liban, mais peut-être aussi un tout petit buisson, tout à fait insignifiant, dans la toundra...

Aujourd'hui, les tilleuls traversent la ville. On a voulu les retenir. On a entouré les troncs de grilles rondes. Mais de toute façon, ils se déplacent...

Les toits brûlent comme des miroirs obliques, aveuglés par le soleil. Une femme ailée nettoie ses vitres, debout sur le rebord d'une fenêtre. Elle s'est repliée, elle a gonflé ses lèvres en repoussant de son visage une mèche de cheveux flamboyants. Il y a dans l'air une subtile odeur d'essence et de tilleul. Qui sait maintenant quels effluves saisissaient imperceptiblement l'hôte qui entrait dans un atrium de Pompéi ? Dans un demi-siècle les hommes ne sauront pas ce que sentaient nos rues et nos chambres. On déterrera un général de pierre, comme il y en a des centaines dans chaque ville, et on poussera des soupirs sur les Phidias d'autrefois. Tout, dans le monde, est beau, mais l'homme ne reconnaît le beau que lorsqu'il le voit rarement, ou bien de loin...

Écoute ! Aujourd'hui nous sommes des dieux. Nos ombres bleues sont immenses. Nous circulons dans un monde gigantesque et joyeux. Une haute borne au coin est enserrée de toiles qui ne sont pas encore sèches : le pinceau y a brossé des tourbillons de couleurs.

La vieille vendeuse de journaux a des cheveux gris rabattus sur le menton, des yeux bleus de folle. Les journaux dépassent furieusement de son sac. Leurs gros caractères me rappellent des zèbres volants.

Un autobus s'est arrêté près de la borne. En haut, le contrôleur a tambouriné de ses mains sur le rebord métallique. L'homme de barre a puissamment tourné son énorme roue. Un gémissement laborieux qui s'élève, un grincement bref. Les empreintes argentées des larges pneus sont restées sur l'asphalte.

Aujourd'hui, par ce jour ensoleillé, tout est possible. Regarde ! Un homme a sauté du toit sur un fil de fer et il marche dessus, pris d'un fou rire, les bras écartés, bien au-dessus de la rue qui se balance. Voici deux maisons qui ont habilement joué à saute-mouton : le numéro trois s'est retrouvé entre le un et le deux ; elle ne s'est pas tout de suite fixée — j'ai remarqué une échappée de lumière en dessous, un rayon de soleil. Et une femme s'est dressée au milieu de la place, elle a renversé la tête et s'est mise à chanter ; on s'est attroupé autour d'elle, on a reculé : une robe vide est étendue sur l'asphalte, et il y a un nuage transparent dans le ciel.

Tu ris. Quand tu ris, j'ai envie de transformer le monde entier en ton miroir. Mais aussitôt tes yeux s'éteignent. Tu parles passionnément et craintivement : « Si tu veux, allons... là-bas ! Tu veux bien ? Là-bas tout est joliment en fleurs, aujourd'hui... »

Bien sûr, tout est en fleurs, bien sûr nous irons là-bas. Car toi et moi, nous sommes des dieux... Je sens la rotation des univers inexplorables dans mon sang...

Écoute ! Toute ma vie je veux courir et crier de toutes mes forces. Que toute ma vie soit un hurlement de liberté. Comme le cri de la foule quand elle accueille le gladiateur. Ne tergiverse pas, n'interromps pas le cri, aspire, aspire l'enthousiasme de la vie ! Tout est en fleurs. Tout vole. Tout crie en s'étouffant de cris. Le rire. La course. Les cheveux défaits. Voilà toute la vie.

*

On conduit des chameaux dans la rue : du cirque jusqu'au jardin zoologique. Leurs bosses de graisse penchent sur le côté, elles oscillent. Leurs bonnes gueules allongées sont à peine soulevées, rêveusement. Qu'est-ce que la mort si l'on conduit des chameaux dans une rue printanière ? Dans un coin, ça sentait une forêt de Russie : un miséreux — monstre divin — tout sens dessus dessous, les jambes poussant sous les bras, tend un bouquet de muguet verdâtre dans sa patte velue et mouillée... Mon épaule entre dans un passant : deux géants se sont cognés un instant. Il a joyeusement et merveilleusement agité dans ma direction une canne vernie. De son extrémité recourbée il a brisé derrière lui une vitrine. Des méandres ont parcouru le verre brillant. Non, c'est simplement le soleil dans le miroir qui a jailli dans mes yeux. Une dame-papillon, papillon noir aux rayures rouge ponceau... Une pelote de velours... Elle a glissé au-dessus de l'asphalte, elle s'est envolée en passant par-dessus une automobile qui filait, par-dessus une haute maison, vers l'azur humide du ciel d'avril. C'est exactement la même qui se posa autrefois sur le rebord blanc d'une arène ; Lesbie, fille de sénateur — fluette, les yeux sombres, un ruban d'or sur le front —, s'était prise à admirer les ailes qui palpitaient, et elle avait manqué l'instant où dans un tourbillon de poussière aveuglante la nuque de taureau d'un combattant avait craqué sous le genou nu d'un autre.

Dans mon âme aujourd'hui, il y a des gladiateurs, le soleil, le grondement du monde...

Nous descendons sur de larges marches vers un long souterrain blafard. Ici, les dalles de pierre résonnent sous les pas. Les murs gris sont recouverts des images des pécheurs qui brûlent. Au fond, un tonnerre de velours s'amplifie en vagues noires. Il éclate autour de nous. Nous nous sommes précipités, comme dans l'attente d'un dieu. On nous comprime vers le miroitement du verre. Nous nous sommes ébroués. Nous filons à l'intérieur de l'abîme noir et nous avançons sourdement, profondément sous la terre, suspendus à des lanières de cuir. L'espace d'un instant, les ampoules d'ambre s'éteignent en claquant : alors, les bulles spongieuses de feu brûlent ardemment dans l'obscurité — yeux exorbités des démons, mais peut-être les cigares de ceux qui nous accompagnent. De nouveau il fait clair.

Tu vois ! Là-bas, près de la porte vitrée du wagon, il y a un monsieur de haute taille, vêtu d'un manteau noir. Je reconnais vaguement ce visage : étroit, jaunâtre, la profondeur osseuse du nez. Les lèvres fines sont serrées, un sillon attentif entre les lourds sourcils : il écoute ce que lui explique un autre — pâle comme un masque de plâtre, avec une petite barbe ronde sculptée. Je suis sûr qu'ils parlent en tercets. Et voici ta voisine, cette dame en robe paille qui est assise, les cils baissés, n'est-ce pas Béatrice ?

Nous sortons de la géhenne humide et nous nous retrouvons au soleil. Le cimetière est loin, en dehors de la ville. Les maisons deviennent plus rares. Des terrains vagues verdâtres. Je me souviens d'une vue de cette capitale sur une vieille estampe.

Nous allons contre le vent, le long de palissades majestueuses. C'est par un tel jour ensoleillé et tremblotant que nous retournerons au nord, en Russie. Il y aura très peu de fleurs, seules les étoiles jaunes des pissenlits le long des fossés. Les poteaux télégraphiques gris-bleu se mettront à vrombir sur notre passage. Quand, derrière un tournant, les sapins, le sable rouge et le coin de la maison me frapperont le cœur, je vacillerai et tomberai face contre terre.

Regarde ! Au-dessus des terrains vagues verdâtres un aéroplane vogue haut dans le ciel, grondant de sa voix de basse comme une harpe éolienne. Ses ailes de verre scintillent. C'est bien, non ? Ah ! écoute : c'est arrivé à Paris il y a cent cinquante ans. Tôt le matin — c'était en automne, et les arbres faisaient voguer leurs masses orangées et moelleuses le long des boulevards, vers le ciel tendre — tôt le matin les marchands s'étaient retrouvés sur la place du marché ; les pommes humides reluisaient sur les étals, ça sentait le miel et la paille fraîche. Un vieillard, au duvet blanc dans le pavillon des oreilles, disposait, sans se presser, ses cages où toutes sortes d'oiseaux s'agitaient frileusement, et puis il s'étendit, ensommeillé, sur une grosse toile, car la brume du petit matin cachait encore les aiguilles d'or du cadran noir de l'hôtel de ville. Il venait de s'endormir quand quelqu'un le secoua par l'épaule. Le vieillard bondit et vit devant lui un jeune homme tout essoufflé. C'était un frêle escogriffe, avec une petite tête et un petit nez pointu. Son gilet, argenté avec des rayures noires, était boutonné de travers, le ruban de sa petite natte était dénoué, son bas blanc était tirebouchonné sur une jambe. « J'ai besoin d'acheter un oiseau, une poule peut-être », dit le jeune homme après avoir fait glisser sur les cages un regard rapide et inquiet.

Le vieillard sortit prudemment une petite poule blanche qui palpitait, toute dodue dans ses mains sombres.

« Elle n'est pas malade, hein ? demanda le jeune homme comme s'il s'agissait d'une vache.

— Malade ? Sa bedaine est aussi lisse que celle d'un petit poisson ! » jura avec bonhomie le vieillard.

Le jeune homme jeta une pièce brillante et partit en courant entre les étals tout en serrant contre sa poitrine la petite poule. Il s'arrêta, tourna brusquement, après avoir fait claquer sa natte, et il recourut vers le vieillard.

« J'ai aussi besoin d'une cage », dit-il.

Quand enfin il s'éloigna en tenant la cage avec la petite poule au bout de son bras tendu et en balançant l'autre comme s'il portait un seau, le vieillard ricana, s'étendit de nouveau sur sa toile. Ce qu'il vendit ce jour-là et ce qui lui arriva plus tard est totalement dénué d'importance pour nous.

Le jeune homme, lui, n'était autre que le fils du célèbre physicien Charles. Charles regarda la petite poule à travers ses lunettes après avoir fait claquer un ongle jaune sur la cage et dit : « Eh bien, maintenant on a un passager. » Et il ajouta, après avoir fait sévèrement briller ses verres en direction de son fils : « Quant à nous, mon ami, nous patienterons. Dieu sait comment est l'air là-haut, dans les nuages. »

Le jour même, sur le champ de Mars, à l'heure dite, devant une foule ébahie, une énorme coupole légère — brodée d'arabesques impériales de Chine, avec une gondole dorée suspendue à des cordons de soie — se gonflait lentement en se remplissant d'hydrogène. Charles et son fils étaient affairés au milieu des courants de fumée emportés de côté par le vent. La petite poule regardait avec la perle en verre de son œil à travers le treillis de sa cage, la tête penchée. Tout autour circulaient des caftans colorés, étincelants, les robes aériennes des femmes, des chapeaux de paille, et quand la sphère s'ébranla vers le ciel, le vieux physicien la suivit du regard : il éclata en pleurs sur l'épaule de son fils, et des centaines de mains tout autour agitèrent des mouchoirs, des rubans... Sur le ciel tendre et ensoleillé voguaient des nuages cotonneux. La terre s'éloignait — vacillante, verdâtre, avec des ombres fuyantes, les taches enflammées des arbres. Loin en bas, filaient des cavaliers petits comme des jouets — mais bientôt on perdit de vue la sphère. La petite poule continuait de regarder en bas d'un seul œil.

Elle vola toute la journée. Le jour prit fin par un crépuscule ample et éclatant. La nuit venue, la sphère commença à descendre lentement.

Et dans un petit village des bords de la Loire, il y avait une fois un brave paysan à l'œil malin. A l'aube, il se rendit aux champs. Et au beau milieu du champ, il vit une merveille : un immense tas de soies bariolées. Juste à côté se trouvait une cage renversée. Une petite poule, blanche, comme sculptée dans de la neige, passait la tête à travers le treillis pour chercher de petits insectes dans l'herbe en avançant brusquement son bec. Le paysan eut d'abord peur, mais il saisit bien vite que la Sainte Vierge, dont les cheveux voguaient dans les airs comme des toiles d'araignées d'automne, lui envoyait tout simplement un cadeau. La soie, sa femme la vendit en morceaux dans la ville la plus proche ; la petite nacelle dorée fut transformée en berceau pour le premier-né encore serré dans ses langes, et la petite poule fut emmenée dans l'arrière-cour.

Écoute la suite !

Un certain temps s'écoula et un jour, le paysan, qui passait à côté d'un tas de foin dans le portail de la grange, entendit un caquetage bienheureux. Il se pencha : la petite poule bondit de la poussière verte, graillonna au soleil en se dandinant rapidement et non sans fierté d'une patte sur l'autre. Et quatre œufs en or, chauds et lisses, flamboyaient dans le foin. Et il ne pouvait en être autrement. La petite poule avait volé au gré des vents, à travers la lueur sans fin du couchant, et le soleil, coq d'or à la crête purpurine, s'était un peu secoué au-dessus d'elle.

Je ne sais si le paysan l'avait compris. Il resta longtemps immobile, clignant et fronçant les yeux à cause du scintillement des œufs d'or encore chauds et intacts qu'il tenait dans ses mains. Ensuite, il se précipita à travers la cour en faisant résonner ses sabots et en hurlant, au point que le valet de ferme pensa : « Hou la la ! il s'est tranché un doigt avec la hache… »

D'ailleurs, tout cela s'est passé il y a très longtemps, de nombreuses années avant que l'aviateur Latham, qui avait fait une chute au milieu de la Manche, soit assis, comprends-tu, sur la queue de libellule de son *Antoinette* qui sombrait, et fume en plein vent une cigarette jaunie tout en regardant au loin, là-haut dans le ciel, son adversaire Blériot sur sa petite machine aux ailes étriquées voler pour la première fois de Calais aux rivages de sucre de l'Angleterre.

Mais je ne puis vaincre ta nostalgie. Pourquoi tes yeux se sont-ils de nouveau remplis d'obscurité ?

Non, ne dis rien ! Je sais tout. Il ne faut pas pleurer. Parce qu'il entend, il entend certainement mon histoire. C'est pour lui que je bavarde. Les mots n'ont pas de barrière. Tu comprends ! Tu me regardes avec tant d'affliction et d'obscurité. Je me souviens de cette nuit après l'enterrement. Tu ne pouvais rester à la maison. Nous sommes sortis ensemble dans le mauvais temps luisant. Nous avons erré. Nous nous sommes retrouvés dans une étrange rue étroite. J'ai lu son nom, mais elle était sur la vitre du réverbère, à l'envers, comme dans un miroir. Les réverbères s'estompaient dans les profondeurs. L'eau dégoulinait des toits. Les seaux, qui étaient en rang de part et d'autre le long des murs noirs, se remplissaient de mercure froid. Ils se remplissaient et débordaient. Et soudain, après avoir écarté les bras d'un air éperdu, tu as dit :

« Il était si petit, si chaud... »

Pardonne-moi de ne pas savoir pleurer — comme un être humain tout simplement — et de toujours chanter et courir quelque part en m'accrochant à toutes les ailes qui volent à côté de moi, grand, ébouriffé, une vague de hâle sur le front. Pardonne-moi. Il le faut.

Nous allons doucement le long des palissades. Le cimetière est déjà proche. Le voici : un îlot de blancheur et de verdure printanières au milieu d'un terrain vague poussiéreux. Va seule maintenant. Je t'attendrai ici. Tes yeux ont souri rapidement, embarrassés. Tu me connais bien pourtant... La barrière a grincé et claqué. Je suis assis, seul, sur l'herbe rare. A quelque distance, il y a un potager :

des choux mauves. Au-delà du terrain vague, des bâtiments d'usine, de légères masses de briques qui voguent dans la brume bleue. A mes pieds, dans un cratère de sable, une boîte de conserve écrasée jette un éclat de rouille. Autour, il y a le calme et le vide comme au printemps. La mort n'existe pas. Le vent, comme une poupée molle, s'abat sur moi, me chatouille le cou de sa patte duveteuse. La mort ne peut exister.

Mon cœur s'est également envolé dans le crépuscule. Nous aurons tous les deux un nouveau fils en or. Il sera créé par tes larmes et mes histoires. Aujourd'hui j'ai compris la beauté des treillis croisés du ciel, de la mosaïque brumeuse des cheminées d'usine et de cette boîte de conserve rouillée au couvercle dentelé, retourné et à moitié arraché. L'herbe blafarde court, court on ne sait où sur les vagues de poussières du terrain vague. Je lève les bras. Le soleil glisse sur ma peau. Ma peau est parcourue d'étincelles multicolores.

Et alors j'ai envie de me lever, d'ouvrir mes bras, d'adresser un discours vaste et lumineux à des foules invisibles. Et de commencer ainsi :

« Dieux radieux[1]... »

1. « Bogi ». Nouvelle écrite à Berlin en octobre 1923 et publiée dans *Segodnia* à Riga, vers 1926.

La vengeance

1

Ostende, le quai en pierre, la digue blafarde, la lointaine rangée d'hôtels tournaient lentement, s'estompaient dans les embruns turquoise d'un jour d'automne.

Le professeur enveloppa ses jambes dans un plaid et se renversa en grinçant dans le confort transatlantique d'un fauteuil pliant. Le pont ocre et propre était plein de monde, mais tranquille. Les chaudières soupiraient décemment.

Une jeune Anglaise avec des bas de laine montra d'un sourcil le professeur.

« Il ressemble à Sheldon, n'est-ce pas ? » dit-elle en s'adressant à son frère, debout à côté d'elle.

Sheldon était un acteur comique, un géant chauve, au visage rond et flasque.

« Il apprécie beaucoup la mer... » ajouta à voix basse l'Anglaise. Et puis après, malheureusement, elle s'en va de mon récit.

Son frère, un étudiant roux et pataud qui retournait à son université — les grandes vacances étaient terminées —, sortit de sa bouche une pipe et dit :

« C'est notre biologiste. Un vieillard merveilleux. Je dois le saluer. »

Il s'approcha du professeur. Celui-ci souleva ses lourdes paupières. Il reconnut l'un de ses élèves les plus mauvais et les plus studieux.

« La traversée sera superbe, dit l'étudiant en serrant à peine la grande main froide qui lui était tendue.

— J'espère », répondit le professeur qui frotta sa joue grise avec ses doigts.

Et il ajouta gravement :

« Oui, je l'espère. »

L'étudiant fit glisser ses yeux sur les deux valises qui étaient à côté du fauteuil pliant. L'une était vieille, elle avait beaucoup vécu : comme des taches de fientes d'oiseaux sur les statues, elle était maculée des traces blanches d'anciennes étiquettes. L'autre, toute neuve, orange, aux serrures rutilantes, attira, on ne sait pourquoi, l'attention de l'étudiant.

« Permettez-moi de déplacer votre valise, sinon elle va tomber », proposa-t-il afin d'entretenir la conversation d'une façon ou d'une autre.

Le professeur ricana. Un comique aux sourcils grisonnants, ou bien un boxeur vieillissant...

« La valise, dites-vous ? Mais savez-vous ce que je transporte dedans ? demanda-t-il comme s'il éprouvait une certaine irritation. Vous ne devinez pas ? Un objet magnifique !... Un portemanteau d'un type spécial.

— Une invention allemande, *sir* ? » suggéra l'étudiant en se souvenant que le biologiste venait de séjourner à Berlin pour un congrès scientifique.

Le professeur éclata d'un rire grinçant et sonore. Une dent en or étincela comme un feu.

« Une invention divine, mon ami, divine ! Indispensable à tout être humain. Vous transportez d'ailleurs le même objet. Hein ? Ou bien, êtes-vous une méduse, peut-être ? »

L'étudiant eut un large sourire. Il savait que le professeur était enclin à faire des plaisanteries obscures. On discutait beaucoup de ce vieillard à l'université. On disait qu'il tourmentait son épouse, une très jeune femme. L'étudiant l'avait vue un jour : une femme toute maigrichonne, aux yeux surprenants...

« Comment va votre épouse, *sir* ? » demanda l'étudiant roux.

Le professeur répondit :

« Je vais vous dévoiler la vérité, mon cher ami. J'ai longtemps lutté contre moi-même, mais je suis forcé de vous dire maintenant que... Mon cher ami, j'aime voyager en silence. Je crois que vous me pardonnerez. »

Et là, partageant le sort de sa sœur, l'étudiant quitte à jamais ces pages en sifflotant d'un air confus.

Le biologiste, lui, enfonça un feutre noir sur ses sourcils broussailleux, car les flots aveuglants lui frappaient les yeux, et il plongea dans un rêve feint. Son visage gris et glabre, au gros nez et au menton épais, était inondé de soleil et venait d'être sculpté, semblait-il, dans de la glaise humide. Quand un léger nuage d'automne obstruait le soleil, le visage du professeur devenait soudain de pierre, il s'assombrissait et se desséchait. Tout cela, bien entendu, n'était qu'une alternance d'ombre et de lumière, et non le reflet de ses pensées. Il n'est guère probable qu'il eût été agréable de regarder le professeur si ses pensées s'étaient effectivement reflétées sur son visage.

Le fait est qu'il avait reçu d'un enquêteur privé, à Londres, il y a quelques jours, une dénonciation révélant que sa femme le trompait. Une lettre, rédigée de cette petite écriture qui lui était familière, avait été détournée, et elle commençait ainsi : « Mon bien-aimé, mon chéri, je suis encore pleine de ton dernier baiser... » Mais le professeur ne s'appelait pas du tout Jack. Tout le problème était là. Quand il le saisit, il éprouva non de l'étonnement, non de la douleur, ni même du dépit masculin, mais une haine, acérée et froide comme un bistouri.

Il était parfaitement clair pour lui qu'il tuerait sa femme. Il ne saurait y avoir d'hésitations. Il ne restait plus qu'à inventer le meurtre le plus douloureux, le plus raffiné qui fût. Renversé dans le fauteuil pliant, il passait en revue pour la énième fois toutes les tortures décrites par les voyageurs et les savants du Moyen Âge. Pas une seule ne lui semblait suffisamment douloureuse. Quand au loin, à la limite des flots verts, surgirent les rochers de sucre blanchâtre de Douvres, il n'avait encore rien décidé.

Le bateau se tut et s'arrêta en tanguant. Le professeur emprunta la passerelle pour chercher un porteur. Le fonctionnaire des douanes énuméra précipitamment les objets interdits à l'importation, puis lui demanda d'ouvrir une valise, la nouvelle, l'orange. Le professeur fit tourner une petite clé dans la serrure et souleva le couvercle en cuir. Derrière lui, une dame russe poussa un grand cri : « Mon Dieu ! » puis elle éclata d'un rire nerveux. Deux Belges, qui se trouvaient à côté du professeur, lui jetèrent un regard assez torve ; l'un haussa les épaules, l'autre siffla doucement ; des Anglais se détournèrent, impassibles. Le fonctionnaire, pris au dépourvu, écarquilla les yeux en voyant le contenu de la valise. Ils avaient tous peur et étaient gênés.

Le biologiste se présenta froidement, mentionna le musée de l'université. Les visages s'éclairèrent. Seules quelques dames furent désolées en comprenant qu'il ne s'agissait pas d'un meurtre.

« Mais pourquoi transportez-vous *cela* dans votre valise ? » demanda le fonctionnaire sur un ton de reproche respectueux après avoir refermé le couvercle et frotté une craie sur le cuir clair.

« J'étais pressé, dit le professeur en se renfrognant d'un air las, je n'avais pas le temps de le boucler dans une caisse. De plus, c'est une chose précieuse, je ne l'aurais pas laissée aux bagages. »

Et le professeur passa d'une démarche voûtée, mais souple, à côté d'un policeman qui ressemblait à un énorme jouet, et il se retrouva sur le débarcadère. Mais il s'arrêta soudain comme s'il se souvenait de quelque chose et grommela avec un bon sourire lumineux : « Mais j'ai trouvé... c'est le moyen le plus subtil qui soit. » Puis il eut un soupir de soulagement, acheta deux bananes, un paquet de cigarettes, des journaux craquants et vastes comme des draps, et, lques minutes plus tard, il filait dans un confortable compartiment du Continental Express le long de la mer scintillante, le long des coteaux blancs, le long des pâturages turquoise du Kent.

2

Des yeux merveilleux, en effet... La pupille est comme une goutte d'encre brillante sur du satin gris-bleu. Les cheveux courts, or pâle : un bonnet de duvet luxuriant. Elle-même est petite, droite, la poitrine plate.

Elle attendait son mari depuis la veille, et elle savait qu'il arriverait à coup sûr aujourd'hui. Vêtue d'une robe grise décolletée, avec des escarpins en velours, elle était assise au salon, sur un sofa décoré de paons, et pensait que son mari avait tort de ne pas croire aux esprits et de mépriser ouvertement le jeune spirite écossais aux tendres cils blancs qui lui rendait visite parfois. Car il lui arrivait des choses vraiment étranges. Il n'y a pas longtemps, elle avait vu en rêve un jeune homme qui était mort et avec lequel, avant son mariage, elle avait l'habitude de se promener à l'heure où les ronces en fleur sont d'une blancheur si nébuleuse. Le matin, encore quasiment somnolente, elle lui avait écrit une lettre au crayon, une lettre à son rêve. Dans cette lettre elle avait menti à ce pauvre Jack. Car elle l'avait presque oublié : elle aimait d'un amour terrorisé mais fidèle son terrible, son bourreau de mari ; elle avait cependant envie de réchauffer, de réconforter cet hôte nébuleux et cher avec la chaleur des mots terrestres. La lettre avait mystérieusement disparu du sous-main et la nuit même, elle avait rêvé d'une longue table de sous laquelle Jack avait soudain surgi pour hocher la tête en signe de remerciement... Il lui était maintenant désagréable, on ne sait pourquoi, de se remémorer ce rêve... C'était comme si elle avait trompé son mari avec un fantôme...

Le salon respirait la chaleur et l'élégance. Un coussin en soie, jaune vif avec des raies violettes, était sur le rebord large et bas de la fenêtre.

Le professeur arriva à l'instant même où elle avait décidé que son bateau avait fait naufrage. En regardant par la fenêtre, elle avait aperçu le toit noir du taxi, la main tendue du chauffeur et les lourdes épaules de son mari qui réglait la course, la tête baissée. Elle fila à travers les pièces, trottina en bas de l'escalier, laissant baller ses bras grêles et dénudés.

Il montait à sa rencontre, voûté, dans son ample manteau. Derrière lui le domestique portait ses valises.

Elle se serra contre son écharpe en laine, soulevant avec légèreté une de ses jambes fines prises dans un bas gris, le talon tourné vers le haut. Il embrassa sa tempe chaude. Il écarta ses bras avec un doux ricanement.

« Je suis couvert de poussière... attends... » grommela-t-il en lui tenant les mains. Renfrognée, elle secoua la tête, comme un blême incendie de cheveux.

Le professeur, penché, l'embrassa sur les lèvres, ricana de nouveau.

Pendant le dîner, il raconta son bref voyage en gonflant la cotte de mailles blanches de sa chemise empesée et en remuant vigoureusement ses pommettes luisantes. Il était décemment joyeux. Les revers pointus en soie de son smoking, sa mâchoire de bouledogue, son énorme tête chauve aux veines métalliques sur les tempes, tout cela inspirait à sa femme un merveilleux regret, le regret constant que cet homme, qui étudiait les moindres particules de la vie, ne veuille pas entrer avec elle dans un monde où s'écoulaient les poèmes de De La Mare et où flottaient d'exquis esprits.

« Alors ! tes fantômes ont cogné en mon absence ? » demanda-t-il en devinant ses pensées.

Elle eut envie de lui parler de son rêve, de la lettre, mais elle était un peu gênée...

« Tu sais, poursuivit-il en saupoudrant de sucre la rhubarbe rose, tes amis et toi, vous jouez avec le feu. Il existe des choses véritablement effrayantes. Un médecin de Vienne m'a parlé, il y a quelques jours, de réincarnations incroyables. Il y a une femme — une sorte de voyante, une hystérique — qui est morte d'un arrêt cardiaque, je crois, et quand ce médecin l'a déshabillée — c'était dans une masure hongroise, à la lumière des bougies —, il a été surpris par le corps de cette femme : il était entièrement enduit d'une lueur rougeâtre, mou et visqueux au toucher. Et, après l'avoir examiné, il a compris que ce corps, gros et raide, était entièrement constitué d'espèces de fines lanières rondes de peau, comme s'il était

entièrement ficelé, régulièrement et solidei
fils invisibles, ou bien comme cette publicité p...
pneus français, ce bonhomme entièrement fait de pneus... Seulement chez elle, ces pneus étaient extrêmement fins et rouge pâle. Et alors que le docteur l'examinait, le corps de la morte a commencé à se défaire lentement, comme une immense pelote... Son corps était un ver, grêle et sans fin, qui se déroulait et rampait pour s'en aller en passant sous la porte, alors que sur le lit restait un squelette blanc, encore humide... Mais pourtant cette femme avait eu un mari, il l'avait autrefois embrassée : il avait embrassé un asticot.

Le professeur se versa un verre de porto acajou qu'il se mit à boire en grosses gorgées sans détacher ses yeux froncés du visage de sa femme. Elle haussa frileusement ses épaules maigres et blanches...

« Tu ne sais pas toi-même quelle chose terrible tu m'as racontée, dit-elle, retournée : l'esprit de cette femme est donc parti dans ce ver. Tout cela est effrayant...

— Je pense parfois, dit le professeur qui avait fait péniblement surgir une manchette afin d'examiner ses doigts boudinés, que ma science, en définitive, est une supercherie oiseuse, que les lois physiques sont inventées par nous, que tout, absolument tout, peut arriver... Ceux qui se laissent aller à de telles pensées deviennent fous... »

Il étouffa un bâillement en tapotant son poing fermé sur ses lèvres.

« Que t'est-il arrivé, mon ami ? s'exclama à voix basse sa femme. Tu ne parlais jamais ainsi autrefois… J'avais l'impression que tu savais tout… que tu avais tout mis dans des tableaux… »

L'espace d'un instant, les narines du professeur se gonflèrent convulsivement, une canine en or scintilla. Mais aussitôt son visage s'amollit de nouveau.

Il s'étira et se leva de table.

« Je bavarde… ce sont des bêtises… dit-il tendrement et tranquillement, je suis fatigué… Je vais me coucher… N'allume pas la lumière quand tu entreras. Couche-toi directement dans notre lit… Notre lit », répéta-t-il sur un ton important et affectueux, comme cela ne lui était pas arrivé depuis longtemps.

Ce mot résonna tendrement dans son âme quand elle resta seule dans le salon.

Elle était mariée depuis cinq ans, et malgré le caractère bizarre de son mari, malgré ses rafales fréquentes de jalousie sans raison, malgré son silence, sa morosité, sa balourdise, elle se sentait heureuse car elle l'aimait et avait de l'affection pour lui. Elle, fine et blanche ; lui, immense et chauve avec des touffes de poils gris au milieu de la poitrine : ils constituaient un couple impossible, monstrueux, et ses caresses rares et vigoureuses lui étaient malgré tout agréables.

Le chrysanthème, qui était dans un vase sur la cheminée, laissa tomber dans un bruissement sec quelques pétales cornés.

Elle tressaillit, elle eut un pincement de cœur désagréable, elle se souvint que l'air était toujours plein de fantômes, que même son savant de mari avait noté une de leurs manifestations effrayantes. Elle se souvint de la façon dont Jacky avait surgi de sous la table et lui avait fait un signe de tête avec une tendresse effrayante. Elle eut l'impression que tous les objets de la pièce la regardaient, attentifs. Elle fut saisie par un vent de panique. Elle se hâta de sortir du salon en étouffant un cri absurde. Elle reprit son souffle : « Comme je suis bête, vraiment... » Elle examina longuement ses pupilles brillantes dans le miroir de son cabinet de toilette. Son petit visage surmonté d'un duveteux bonnet d'or lui parut étranger...

Légère comme une fillette, vêtue d'une chemise de nuit en dentelle, elle entra dans la chambre sombre en essayant de ne pas heurter les meubles. Elle tendit les bras, chercha à tâtons la tête du lit, se coucha sur le bord. Elle savait qu'elle n'était pas seule, que son mari était couché à côté. Elle regarda quelques instants en haut sans bouger, sentant son cœur se gonfler sauvagement et sourdement dans sa poitrine.

Quand ses yeux s'habituèrent à l'obscurité découpée par les rayons de lune qui s'écoulaient à travers le rideau de mousseline, elle regarda son mari. Il lui tournait le dos, enveloppé dans une couverture. Elle ne voyait que son crâne chauve qui semblait extraordinairement lisse et blanc dans une mare de clair de lune.

« Il ne dort pas, songea-t-elle affectueusement, sinon il ronflerait... »

Elle sourit et glissa rapidement de tout son corps vers son mari, elle étendit ses bras sous la couverture pour l'enlacer comme elle en avait l'habitude. Ses doigts entrèrent dans des côtes lisses. Son genou se cogna contre un os lisse. Un crâne, faisant tourner ses orbites noires, roula du coussin sur son épaule.

*

La lumière électrique s'alluma. Le professeur vêtu de son smoking ordinaire, resplendissant de sa poitrine empesée et gonflée, de ses yeux, de son front immense, sortit de derrière le paravent et s'approcha du lit.

La couverture et les draps emmêlés avaient glissé sur le tapis. Sa femme était étendue, morte, enlaçant le squelette blanc d'un bossu, monté à la va-vite, que le professeur avait acquis à l'étranger pour le musée de l'université [1].

1. « Miest ». Nouvelle parue à Berlin le 20 avril 1924 dans *Rousskoïé Ekho*.

Bonté[1]

J'avais hérité de l'atelier d'un photographe. Il y avait encore une toile mauve appuyée contre un mur[2] représentant un morceau de balustrade et une urne blanchâtre sur un fond de jardin flou. Je suis resté assis jusqu'au matin dans un fauteuil en rotin, comme près de l'entrée de ce lointain en gouache, en pensant à toi[3]. A l'aube il faisait très froid. Peu à peu, dans le brouillard poussiéreux, deux têtes en plâtre émergèrent de l'obscurité : l'une était à ton image, enveloppée d'un chiffon humide. Je traversai cette chambre embrumée — quelque chose s'effrita, craqua sous mes pieds, et avec l'extrémité d'une longue perche j'accrochai les rideaux noirs suspendus comme des lambeaux de drapeaux déchirés le long

1. Nous donnons la traduction de la version définitive de cette nouvelle. Les principales variantes de la version originale de 1924 sont indiquées en note.

2. Au lieu de « contre un mur » : « dans un coin ».

3. « Je ne sais pourquoi, c'est précisément dans ce coin que je suis resté assis dans un fauteuil en rotin jusqu'au matin, et je pensais à toi. »

d'une verrière inclinée, et je les ouvris l'un après l'autre. Ayant laissé entrer le matin — il fronçait pitoyablement des yeux — j'éclatai de rire sans savoir moi-même pourquoi, peut-être parce que j'étais resté toute la nuit assis dans ce fauteuil en rotin au milieu de la saleté, des débris de plâtre, dans la poussière de pâte à modeler desséchée — et je pensais à toi.

Quand on prononçait ton nom devant moi, voici le sentiment que j'éprouvais : un coup de noir, un mouvement étouffant et fort ; c'est ainsi que tu te tordais les bras en arrangeant ta voilette. Il y a longtemps que je t'aimais, mais pourquoi je t'aimais, je l'ignore[1]. Trompeuse et sauvage, vivant dans une oisive morosité.

Il y a quelque temps j'ai trouvé sur la table de ta chambre une boîte d'allumettes vide ; il y avait sur elle un petit tas funèbre de cendres et un mégot doré, grossier, un mégot d'homme. Je t'ai suppliée de me donner des explications. Tu souriais d'un air mauvais. Et puis tu as éclaté en sanglots, et moi, qui t'avais pardonné, j'ai embrassé tes genoux, j'ai serré mes cils mouillés contre la soie noire et chaude. Ensuite je ne t'ai pas vue durant deux semaines.

Le vent faisait papilloter cette matinée d'automne. J'ai soigneusement posé la perche dans un coin. A travers l'ouverture large de la fenêtre on voyait les toits en écailles de Berlin — leurs contours étaient mouvants à cause des ondulations incertaines à l'intérieur du verre — et au milieu des toits s'élevait une lointaine coupole, telle une pastèque de bronze.

1. Au lieu de « je l'ignore » : « je ne pouvais le comprendre ».

Les nuages volaient et se déchiraient, dénudant, l'espace d'un instant, le bleu automnal léger et étonné[1].

La veille, je t'avais parlé au téléphone. Je n'avais pas pu tenir : c'est moi qui avais téléphoné. Nous nous étions mis d'accord pour nous retrouver le jour même près de la porte de Brandebourg. Ta voix, à travers un bourdonnement d'abeilles, était lointaine et inquiète. Elle glissait, disparaissait. Je te parlais, les paupières tout à fait closes, et j'avais envie de pleurer. Mon amour pour toi était une chaleur frémissante, un spasme de larmes. Le paradis m'apparaissait précisément ainsi : le silence et les larmes, ainsi que la soie chaude de tes genoux.

Quand je suis sorti dans la rue après le déjeuner — pour te rencontrer — ma tête s'est mise à tourner à cause de l'air sec, du ruissellement de soleil jaune. Chaque rayon résonnait sur mes tempes[2]. De grandes feuilles rousses bondissaient en bruissant sur le trottoir, à la hâte, en se dépassant l'une l'autre.

Je marchais et pensais que tu ne viendrais certainement pas au rendez-vous. Et si tu venais, de toute façon nous nous disputerions encore une fois. Je savais seulement sculpter et aimer. Ce n'était pas assez pour toi.

Voici la porte massive[3]. Les autobus ventrus se frayaient un passage sous les arches et roulaient plus loin le long du boulevard qui part vers le lointain,

1. « Les nuages se déchiraient ; abîmes de bleu turquoise. »
2. « J'avais mal aux tempes. »
3. L'auteur a supprimé : « et verte ».

vers l'éclat bleu inquiétant d'un jour venteux[1]. Je t'ai attendue sous l'ombre pesante, entre les colonnes froides, près de la fenêtre métallique de la guérite. Il y avait du monde : les fonctionnaires de Berlin revenaient de leur bureau, mal rasés, chacun avec une serviette sous le bras, les yeux remplis d'un écœurement trouble, ce qui arrive quand on fume à jeun un mauvais cigare. Leurs visages fatigués et rapaces, leurs cols larges[2] surgissaient sans fin. Une dame coiffée d'un chapeau de paille rouge passa dans un manteau d'astrakan gris[3], puis un adolescent avec un pantalon de velours boutonné sous les genoux. Et d'autres encore.

J'attendais, appuyé sur une canne, dans l'ombre froide des colonnes d'angle. Je ne croyais pas que tu viendrais.

Mais près d'une colonne, non loin de la fenêtre de la guérite, il y avait un étal — des cartes postales, des plans, des éventails de photos en couleurs — et à côté une petite vieille marron était assise sur un tabouret, courte sur jambes, replète, le visage rond et grêlé ; elle attendait, elle aussi.

J'ai songé : qui de nous deux finira d'attendre le premier, qui viendra le premier — un client ou toi ? La petite vieille avait l'allure suivante : « Je ne fais rien de spécial, je me suis installée ici par hasard ;

1. Au lieu de « venteux » : « d'automne ».

2. Au lieu de « larges » : « en carton ».

3. Dans la première version, la phrase se termine ainsi : « un vieillard aux moustaches sévères passa, puis un adolescent avec un pantalon de velours boutonné sous les genoux, sans chapeau, les cheveux tirés en arrière, le col de sa chemise ouvert ».

c'est vrai, à côté il y a une espèce d'étal, avec de petites choses très jolies et curieuses. Mais je ne fais rien de spécial... »

Les gens passaient sans fin entre les colonnes, contournant le coin de la guérite ; d'aucuns regardaient les cartes postales. Alors la petite vieille était toute tendue, elle dévorait de ses yeux éclatants et minuscules le visage du passant, comme pour lui suggérer : achète, achète... Mais celui-ci, après avoir promené son regard sur les photos en couleurs et grises, alla plus loin ; elle baissa les yeux, comme indifférente, et continua de lire le livre rouge qu'elle tenait sur ses genoux.

Je ne croyais pas que tu viendrais. Mais je t'attendais, comme jamais je n'avais attendu, je fumais nerveusement, regardais au-delà de la porte vers la place dégagée au début du boulevard ; et je regagnais mon coin, en m'efforçant de ne pas montrer que j'attendais, en m'efforçant de m'imaginer que là-bas, alors que je ne regardais pas, tu venais, tu t'approchais, que si je regardais encore une fois au loin, derrière le coin, j'apercevrais ton manteau de loutre, la dentelle noire qui tombait du bord de ton chapeau sur les yeux, et c'est exprès que je ne regardais pas, que je chérissais cette tromperie de soi-même.

Il y eut une rafale de vent glacial. La petite vieille se leva, commença à ranger ses cartes de façon plus serrée. Elle portait une espèce de petite pelisse courte — de peluche jaune, froncée à la taille. Le bas de la jupe marron était relevé plus haut devant que derrière et c'est pourquoi on avait l'impression qu'elle marchait le ventre en avant. Je distinguais des plis de bonté et de douceur sur son petit chapeau rond, sur les palmes de ses bottines élimées[1]. Elle s'occupait avec un air affairé près de son étal. A côté, le livre était resté sur le tabouret — un guide de Berlin — et le vent d'automne tournait distraitement les pages, ébcuriffait un plan qui tombait en faisant des marches.

Je commençais à avoir froid. Ma cigarette se consumait de travers et amèrement. Des vagues de fraîcheur hostile me saisissaient la poitrine. Les clients ne venaient pas.

Et la petite vieille s'installa de nouveau, et comme le tabouret était trop haut pour elle, elle dut d'abord se dandiner, les semelles de ses bottines aux bouts arrondis se séparèrent l'une après l'autre du trottoir. Je jetai ma cigarette, la saisis au passage avec le bout de ma canne : éclaboussures de feu.

Environ une heure s'était déjà écoulée, peut-être plus. Comment pouvais-je penser que tu viendrais ? Le ciel s'était imperceptiblement transformé pour n'être plus qu'un nuage, et les passants marchaient avec plus de hâte encore, se voûtaient, retenaient leur chapeau ; une dame qui traversait la place ouvrit en marchant son parapluie... C'eût été tout simplement un miracle si tu avais surgi maintenant.

La petite vieille, qui avait mis soigneusement le signet dans le livre, devint comme songeuse. J'ai l'impression qu'elle imaginait un riche étranger venu d'Adlon[2] qui lui aurait acheté toute sa marchandise

1. Première version : « sur ses bottines élimées ».
2. « elle imaginait un riche Américain ».

et, après avoir payé plus qu'il ne devait, lui aurait commandé encore et sans cesse des cartes de paysages, toutes sortes de guides. Et elle n'avait sans doute pas chaud dans cette petite pelisse en peluche. Mais tu avais pourtant promis de venir. Je me souvenais du téléphone, de l'ombre furtive de ta voix. Mon Dieu ! comme j'avais envie de te voir. De nouveau il y eut une méchante rafale de vent[1]. Je relevai mon col.

Et soudain la fenêtre de la guérite s'ouvrit, et un soldat vert héla la petite vieille. Elle glissa rapidement du tabouret et, le ventre en avant, dodelina jusqu'à la fenêtre. Le soldat lui tendit d'un geste calme un bol fumant et referma le guichet. Son épaule verte se retourna et partit dans les profondeurs sombres.

La petite vieille retourna à sa place en portant précautionneusement le bol. C'était du café au lait, à en juger d'après la frange marron de la mousse accrochée au bord.

Et elle se mit à boire. Je n'ai jamais vu quelqu'un boire avec un plaisir aussi parfait, aussi profond et recueilli[2]. Elle avait oublié son étal, les cartes postales, le vent froid, l'Américain, et ne faisait que siroter, suçoter, elle était toute partie dans son café, exactement comme moi qui avais oublié mon attente et ne voyais que la petite pelisse en peluche, les yeux éteints par l'extase, ses mains courtes dans leurs mitaines en laine serrant le bol. Elle but longuement,

1. « un vent d'automne ».
2. « avec un bonheur si infini, si recueilli ».

elle but en lentes gorgées, léchant avec vénération la frange de mousse; elle réchauffait ses mains contre le fer-blanc brûlant. Et dans mon âme coulait une chaleur sombre et sucrée. Mon âme buvait également, se réchauffait également, et il y avait un goût de café au lait près de la petite vieille marron.

Elle finit de boire. Elle se figea un instant. Puis elle se leva et se dirigea vers la fenêtre pour rendre le bol vide.

Mais avant d'y arriver elle s'arrêta. Ses lèvres se réunirent en un petit sourire[1]. Elle dodelina rapidement vers l'étal, détacha deux cartes postales en couleurs et, s'étant de nouveau approchée en courant du grillage en fer de la fenêtre, elle cogna mollement contre la vitre avec son poing laineux. Le guichet s'ouvrit, une manche verte glissa avec un bouton brillant sur le revers, et la petite vieille fourra dans la fenêtre noire le bol, les cartes et s'empressa de hocher la tête. Le soldat se retourna dans les profondeurs en examinant les cartes, et il referma lentement le guichet derrière lui.

Je sentis alors la tendresse du monde, la profonde bonté de tout ce qui m'entourait, le lien voluptueux entre moi et tout ce qui existe, et je compris que la joie que je cherchais en toi n'était pas seulement celée en toi, mais flottait partout autour de moi, dans les bruits fugitifs qui s'envolaient dans la rue, dans le bas de la jupe drôlement relevé, dans le grondement métallique et tendre du vent, dans les nuages d'au-

1. « Un sourire confus toucha ses lèvres. »

tomne débordant de pluie. Je compris que le monde n'était pas du tout une lutte, n'était pas des successions de hasards rapaces, mais une joie papillotante, une émotion de félicité, un cadeau que nous n'apprécions pas.

Et c'est à cet instant que tu arrivas enfin : à vrai dire, ce n'était pas toi mais un couple d'Allemands — lui, dans un imperméable, les jambes dans de longs bas — des bouteilles vertes — elle, maigre, grande, avec un manteau de panthère[1]. Ils s'approchèrent de l'étal, l'homme se mit à faire son choix, et ma petite vieille au café, toute rouge, pleine d'importance, regardait soit ses yeux, soit les cartes postales, faisant travailler d'un air affairé et tendu ses sourcils, comme le fait un vieux cocher pressant de tout son corps une rosse. Mais l'Allemand[2] n'avait pas eu le temps de choisir que sa femme haussa les épaules, le tira par la manche — et c'est alors que je remarquai qu'elle te ressemblait : la ressemblance n'était pas dans les traits, pas dans les vêtements — mais dans cette grimace méprisante et malveillante, dans ce regard glissant et indifférent. Et tous les deux s'en allèrent, sans rien avoir acheté, et la petite vieille se contenta de sourire, remit en place les cartes, se replongea dans son livre rouge. Je n'avais pas de raison d'attendre plus longtemps. Je partis à travers les rues crépusculaires, je regardais le visage des passants, attrapais des sourires, de surprenants petits mouve-

1. « et des bottines jaunes ».
2. « l'Allemand vert bouteille ».

ments, la natte d'une gamine qui a lancé un ballon contre un mur, qui bondit, la divine tristesse qui s'est reflétée dans l'œil mauve et ovale d'un cheval ; je saisissais et rassemblais tout cela, alors que les grosses gouttes obliques de la pluie devenaient plus nombreuses et je me souvins du refuge frais de mon atelier, des muscles, des fronts et des boucles de cheveux que j'avais sculptés, et je ressentis dans mes doigts la légère démangeaison d'une pensée qui commençait à créer.

Il faisait nuit. La pluie volait. Le vent tempétueux m'accueillait dans les tournants. Et puis un tramway rempli de silhouettes noires grinça et fit reluire ses vitres ambrées ; je bondis en route, je me frottai les mains mouillées de pluie.

Dans le tramway, les gens étaient assis, renfrognés, vacillant dans leur somnolence. Les vitres noires étaient couvertes de multiples petites gouttes de pluie, comme un ciel nocturne entièrement parsemé de grains de verre. Nous grondions[1] le long de la rue plantée de châtaigniers bruissants, et j'avais toujours l'impression que les branches humides cinglaient les fenêtres. Et lorsque le tramway s'arrêtait, on entendait en haut les marrons arrachés par le vent cogner contre le toit : toc ! et de nouveau, élastiquement et tendrement : toc... toc... Le tramway carillonnait et démarrait, et dans les vitres mouillées s'éparpillait l'éclat des réverbères, et j'attendais avec un sentiment de bonheur pénétrant la répétition de ces bruits hauts et brefs.

1. « Nous allions... »

Un coup de frein, un arrêt, et de nouveau un marron sphérique tombait, solitaire, peu après tombait un deuxième, en cognant et en roulant sur le toit : toc... toc[1]...

1. « Blagost ». Nouvelle écrite à Berlin en mars 1924, publiée dans *Roul* le 28 avril 1924 et incluse dans le premier recueil de nouvelles de l'auteur, *Le retour de Tchorb* (Berlin, 1930). Sur les quinze nouvelles de ce recueil, qui comprenait aussi vingt-quatre poèmes russes, treize furent republiées par l'auteur dans les recueils de nouvelles russes traduites par lui et Dmitri Nabokov en anglais, soit dans *Détails d'un coucher de soleil, Une beauté russe* ou bien *L'extermination des tyrans.* Seules « Bonté » et « Le port » avaient été omises et étaient donc restées inédites.

Le port[1]

Le salon de coiffure, une pièce au plafond bas, sentait la rose fanée. Des mouches bourdonnaient chaudement et péniblement. Le soleil brûlait par terre comme des mares de miel fondu, pinçait de son éclat les flacons, transperçait le long rideau de la porte : le rideau — des perles de faïence et des cylindres de bambou enfilés en alternance sur de multiples cordons — cliquetait en s'effritant et débordait quand quelqu'un l'écartait de l'épaule en entrant. Devant lui, Nikitine voyait dans le mercure blafard son visage, les mèches modelées de ses cheveux éclatants, le scintillement des ciseaux qui stridulaient au-dessus de l'oreille, et ses yeux étaient attentifs et sévères, comme toujours quand on se regarde dans un miroir. Il était arrivé la veille de Constantinople — où la vie était devenue insoutenable — dans cet ancien port du sud de la France ; il était passé le

1. Nous donnons la traduction de la version définitive de cette nouvelle. Les principales variantes de la version originale de 1924 sont indiquées en note.

matin au consulat russe, au bureau du travail, puis avait erré dans la ville qui descendait vers la mer en ruelles étroites, et, fatigué, éreinté, il était maintenant venu se faire couper les cheveux, rafraîchir sa tête. Le sol, autour de sa chaise, était parsemé de petites souris claires — les cheveux coupés. Le coiffeur prit dans sa main du savon liquide. Une fraîcheur savoureuse passa sur le sommet de son crâne, les doigts le transformaient vigoureusement en une mousse épaisse, et ensuite une douche glaciale le saisit, son cœur tressauta, une serviette pelucheuse massa son visage, ses cheveux mouillés.

Nikitine transperça de l'épaule la pluie ondoyante du rideau, puis sortit dans la ruelle en pente. Le côté droit était à l'ombre, à gauche un étroit ruisseau tremblait dans un scintillement chaud le long du trottoir ; une fillette aux cheveux bruns, édentée, avec des taches de rousseur foncées, attrapait dans un seau bruyant le courant étincelant ; et le ruisseau, le torrent de soleil, une ombre violette nette, tout coulait, glissait vers la mer, en bas : encore un pas, et là-bas, au fond, entre des murs, s'élevait son éclat saphir massif. Les rares passants marchaient du côté ombragé. Un nègre en uniforme colonial arriva à sa rencontre, le visage comme une galoche humide. Une chaise paillée était sur le trottoir. Un chat sauta mollement du siège. Une voix provençale cuivrée jacassa quelque part dans une fenêtre. Une persienne verte claqua. Des citrons jaune rugueux chatoyaient sur un étal au milieu des mollusques mauves qui avaient une odeur d'algue.

Une fois arrivé au bord de la mer, Nikitine regarda

avec émotion le bleu épais qui se transformait dans le lointain en un blanc argenté aveuglant, l'entaille de lumière qui jouait tendrement sur le flanc blanc d'un yacht, puis, titubant dans la fournaise, il partit chercher un petit restaurant russe dont il avait remarqué l'adresse sur un mur du consulat[1].

Le petit restaurant était assez sale, il y faisait chaud. Au fond, sur le comptoir, des zakouski et des fruits transparaissaient dans les vagues de mousseline bleue qui les recouvrait. Nikitine s'assit, redressa les épaules : sa chemise lui collait au dos. Deux Russes étaient assis à la table voisine, apparemment des marins d'un navire français, et un peu plus loin un petit vieux solitaire, avec des lunettes en or, qui lapait à la cuiller du borchtch en claquant des lèvres et en aspirant. La patronne, qui essuyait ses mains boursouflées avec une serviette, enveloppa le nouveau venu d'un regard maternel. Deux chiots pelucheux traînaient par terre en faisant babiller leurs pattes ; Nikitine siffla ; une vieille chienne pelée avec du mucus vert au coin de ses yeux caressants posa la gueule sur ses genoux.

L'un des marins s'adressa à lui, posément et sans empressement :

« Chassez-la, sinon vous allez attraper des puces. »

Nikitine tapota la tête du chien qui leva ses yeux luisants.

« Ça, je n'en ai pas peur, vous savez... Constantinople... les baraquements... Qu'est-ce que vous croyez...

1. « dont l'adresse était accrochée sur un mur du consulat ».

— Il n'y a pas longtemps que vous êtes arrivé ? » demanda un marin. Une voix égale, un filet à la place de chemise, tout frais, malin. Des cheveux sombres coupés net sur la nuque. Un front pur. L'allure générale de l'honnêteté et du calme.

« Hier soir », répondit Nikitine.

A cause du borchtch, du vin noir brûlant, il sua encore plus ; il avait envie d'être assis tranquillement, de discuter doucement. Par l'ouverture de la porte s'écoulaient le soleil ambré et lumineux, le frémissement et l'éclat du ruisseau de la ruelle, et les yeux du petit vieux assis dans un coin sous le compteur à gaz rayonnaient.

« Vous cherchez du travail ? » demanda le second marin, celui qui était d'un certain âge, aux yeux bleus, avec des moustaches blanches de morse, mais également entièrement net, propre et lustré par le soleil et le vent salé.

Nikitine sourit :

« Et comment... Je suis allé aujourd'hui au bureau de placement. On me propose de planter des poteaux télégraphiques, de tresser des câbles, mais je ne sais pas si...

— Venez avec nous, dit le brun, à la chaufferie par exemple... Voilà en quoi ça consiste. Hé ! Lialia... Ce qu'on fait, pour vous ce sera un jeu d'enfant !... »

Une demoiselle entra, avec un chapeau blanc, un visage laid et tendre ; elle passa entre les petites tables, sourit d'abord aux chiens, puis aux marins[1]. Nikitine demanda quelque chose et oublia sa ques-

1. « sourit aux chiens, aux marins ».

tion en regardant la jeune fille, les mouvements de ses hanches basses, d'après lesquelles on peut toujours reconnaître une demoiselle russe. La patronne regarda tendrement sa fille : c'est qu'elle est fatiguée, elle est restée au bureau toute la matinée ; sinon elle travaille à la boutique. Il y avait quelque chose d'émouvant en elle, de provincial, on ne sait pourquoi on avait envie de penser à du savon à la violette, à une halte de campagne dans une forêt de bouleaux. Bien entendu, la porte franchie, il n'est plus question de France. Des mouvements de mousseline. Des vétilles ensoleillées...

« Non, ce n'est pas du tout compliqué, dit le marin. Voilà en quoi ça consiste. Un seau métallique, une fosse à charbon. Vous faites un tas, donc. D'abord c'est facile, quand le charbon est en pente : il tombe tout seul ; ensuite c'est plus pénible. Vous remplissez le seau, vous le mettez sur une brouette, et vous l'emmenez chez le chauffeur en chef. Celui-ci, d'un coup de pelle — et d'une ! —, ouvre la chaudière, et de deux ! — jette le charbon ; il le jette, vous savez, en un geste large, en arc de cercle, afin qu'il soit en couche régulière. C'est un travail subtil... Et on est chargé de surveiller l'aiguille au cas où la pression baisserait... »

On vit par la fenêtre apparaître dans la rue la tête et les épaules d'un homme vêtu d'un costume blanc.

« Comment allez-vous, Lialia ? »

Il s'accouda au rebord de la fenêtre.

« Oui, oui, il fait chaud bien sûr. On étouffe, il faut travailler en ne gardant que le pantalon et le maillot de corps. Le maillot ensuite est noir. Oui, je parlais de la pression. Dans la chaudière, donc, il y a des dépôts qui se forment, une écorce de pierre : il faut la briser avec un râble long comme ça… C'est difficile… En revanche, quand on se retrouve ensuite sur le pont, le soleil, même s'il est tropical, semble frais : on se met sous la douche, et on va se planquer au poste d'équipage, dans son hamac, et c'est le bonheur, c'est moi qui vous le dis… »

Entre-temps, près de la fenêtre :

« Mais vous comprenez, il affirme qu'il m'a vue dans une automobile… »

La voix de Lialia était aiguë et troublée. Le monsieur en blanc auquel elle parlait restait accoudé à l'extérieur et on voyait dans l'encadrement de la fenêtre ses épaules rondes, son visage méticuleusement rasé, à moitié éclairé par le soleil, un chapeau à large bord : un Russe qui a eu de la chance…

« Vous aviez encore votre robe lilas, dit-il.

— Moi ? Je n'en ai pas de cette couleur ! » hurla Lialia.

Mais lui insistait : « *Je vous assure*[1]. »

« Vous ne pourriez pas parler russe ? » dit en se retournant le marin qui s'adressait à Nikitine.

L'homme de la fenêtre dit :

« Et moi, Lialia, j'ai trouvé cette partition. Vous vous souvenez ? »

On avait l'impression que, par un fait exprès, quelqu'un s'amusait d'avoir inventé cette demoiselle, cette conversation, ce petit restaurant russe dans un

1. En français dans le texte.

port étranger[1] ; ça sentait la tendresse quotidienne et provinciale de Russie, et le fait qu'il en soit ainsi en réalité — mal à propos, stupidement banal — apportait une émotion romantique dans ces circonstances inattendues ; et le monde devint aussitôt plus ample et plus merveilleux, on avait envie de naviguer sur les mers, d'entrer dans des ports de légende, de surprendre partout des âmes étrangères.

« Quelle traversée ? Indochine », dit aussi simplement le marin.

Nikitine se mit à cogner distraitement une cigarette contre son porte-cigarettes.

« C'est bien, sans doute...

— Mais oui, c'est bien, évidemment...

— Racontez-nous donc quelque chose, sur la Chine, ou sur Tokyo.

— Tokyo ? Je l'ai vue. Une bruine chaude, du sable rouge. Humide comme dans une serre. Mais à Ceylan, par exemple, je n'y suis pas allé ; j'étais de quart, vous savez... C'était mon tour... »

L'homme en costume blanc, les épaules penchées, disait à Lialia quelque chose à travers la fenêtre, d'une voix basse et sérieuse. Elle écoutait, la tête inclinée de côté, grattouillant d'une main l'oreille relevée du chien. Le chien, sa langue rose flamme sortie, haletant furieusement et rapidement, regardait l'échappée de lumière de la porte en se demandant s'il valait encore vraiment la peine de se coucher sur le seuil brûlant. Et — mais pourquoi ? — on avait l'impression que le chien pensait en russe.

1. « lointain ».

Nikitine demanda :

« Où dois-je m'adresser ? »

Le marin fit un clin d'œil à son ami : il entend raison, donc. Puis il dit :

« C'est très simple : demain, de bonne heure, allez au vieux port, près de la deuxième jetée, vous trouverez notre *Jean Bart*[1]. Là, parlez au second. Je pense qu'il vous engagera. »

Nikitine regarda attentivement et clairement le front pur et intelligent du marin.

« Que faisiez-vous autrefois, en Russie ? »

L'autre haussa les épaules, ricana et se tut.

« Ce qu'il faisait ? L'idiot », répondit à sa place d'une voix de basse un homme aux grandes oreilles.

Ils se levèrent tous les deux. Le jeune sortit un portefeuille enfoncé dans son pantalon, devant, sous la boucle de sa ceinture à la façon des marins français. Lialia, qui s'était approchée d'eux, éclata de rire bruyamment pour on ne sait quelle raison et elle leur tendit la main ; la paume était certainement légèrement humide ; l'homme qui se tenait derrière la fenêtre se détourna en sifflotant d'un air distrait et tendre ; la patronne faisait ses comptes ; et Nikitine, ayant réglé son déjeuner, sortit au soleil sans se presser.

Il était environ cinq heures de l'après-midi. Dans les percées des ruelles, le bleu de la mer faisait mal aux yeux. Les boucliers arrondis des urinoirs dans les rues étaient flamboyants.

Nikitine rentra dans son hôtel piteux et, après

1. « notre bateau ».

s'être lentement étiré, il se laissa tomber à la renverse sur son lit dans une ivresse bienheureuse et ensoleillée. Il rêva qu'il était de nouveau un officier, qu'il allait en Crimée sur la pente abrupte d'un coteau recouvert d'euphorbes et de petits chênes et qu'en marchant il fauchait avec son stick les têtes duveteuses des chardons. Il se réveilla parce qu'il avait éclaté de rire dans son sommeil ; il se réveilla alors que par la fenêtre les ténèbres bleuissaient déjà.

Il songea, après s'être penché dans un abîme de fraîcheur, qu'il y avait des femmes qui déambulaient. Parmi elles il y a des Russes. Quelle grande étoile !

Il lissa ses cheveux, essuya avec un bout de couverture les pointes défoncées de ses bottes poussiéreuses, il jeta un œil dans son porte-monnaie — cinq francs en tout et pour tout — et il ressortit pour flâner, jouir de son oisiveté solitaire.

Il y avait maintenant plus de monde dans les rues que dans la journée. Le long des ruelles qui descendaient vers la mer, on était assis, on goûtait l'air frais. Une jeune fille vêtue d'une robe à paillettes… Elle a relevé les cils… Un boutiquier ventru, vêtu d'un gilet déboutonné, fumait, assis à cheval sur une chaise paillée, les coudes appuyés sur le dossier, et devant, sur son ventre, traînait la martingale de sa chemise. Des enfants sautant à croupetons faisaient partir à la lumière d'un réverbère des petits bateaux en papier dans le ruisseau noir qui courait le long du trottoir étroit. Ça sentait le poisson et le vin. Venant des bistrots de marins, brûlant d'un éclat jaune, parvenaient les sons fastidieux[1] d'un accordéon, de mains frappées contre une table, d'exclamations métalliques. Et dans la partie haute de la ville, les foules du soir traînaient et riaient sur le boulevard principal, les fines chevilles des femmes, les souliers blancs des officiers de marine faisaient leur apparition. Çà et là, comme l'éclat coloré d'un feu d'artifice éteint, scintillait un café dans l'obscurité mauve : des tables rondes posées directement sur le trottoir, les ombres des platanes noirs sur l'auvent rayé, éclairé de l'intérieur. Nikitine s'arrêta en se représentant mentalement un bock, glacé et lourd, rempli de bière[2]. Au fond, derrière les tables, les sons d'un violon se tordaient comme des bras et une harpe ruisselait de sonorités empâtées. Plus une musique est banale, plus elle s'approche du cœur.

A une table, tout au bout, était assise une femme, entièrement en vert, fatiguée, de mauvaise vie ; elle balançait une jambe, la pointe effilée de son soulier.

« Je vais boire, décida Nikitine, non, je ne vais pas boire... Mais d'ailleurs... »

La femme avait des yeux de poupée. Il y avait quelque chose de très familier dans ces yeux, dans la longue ligne de sa jambe[3]. Ayant attrapé son sac, elle se leva, partit en toute hâte quelque part.

1. « pénibles ».
2. « un bock de bière, l'humidité glacée et lourde ».
3. Cette phrase remplace celle-ci, que Nabokov a reportée plus bas : « Sa mémoire fut traversée par une sorte d'étoile qui se serait décrochée. »

Elle avait un long corsage en soie turquoise tricotée qui recouvrait le bas des hanches. Elle passa en fronçant les yeux à cause de la musique.

« Ce serait étrange, songea Nikitine. Sa mémoire fut traversée par une sorte d'étoile qui se serait décrochée et, ayant oublié sa bière [1], il tourna pour la suivre dans une ruelle noire et brillante. Un réverbère allongeait l'ombre de la femme ; l'ombre apparut sur un mur, se distendit. Elle allait doucement, et Nikitine retenait son pas, ayant on ne sait pourquoi peur de la rattraper.

« Mais c'est sans aucun doute le cas... Mon Dieu, comme on est bien... »

La femme s'arrêta au bord du trottoir. Au-dessus de la porte noire brûlait une lampe framboise. Nikitine alla au-delà, revint, fit le tour de la femme, s'arrêta. Avec un petit rire roucoulant, elle lui lança un mot doux en français [2].

Dans la lumière trouble Nikitine voyait son gentil visage fatigué, l'éclat humide de ses petites dents.

« Écoutez ! dit-il en russe, simplement et doucement, parlons dans notre langue maternelle. »

Elle releva ses sourcils.

« *You angliche ? Spik angliche ?* »

Nikitine regarda fixement, répéta, avec une certaine impuissance :

« Laissez tomber... Je sais bien que...

1. Au lieu de « ayant oublié sa bière », l'auteur avait écrit : « troublé par une vague énigme ».

2. Cette phrase remplace les deux suivantes : « Elle éclata d'un rire roucoulant, faisant balancer son sac dans sa main. Elle lui lança un mot doux. »

— *T'es polonais, alors ?* » demanda la femme avec l'accent du Sud en roulant la dernière syllabe qui grondait.

Nikitine renonça, ricana, lui fourra dans la main un billet de cinq francs et rapidement, après s'être retourné, se mit à traverser la place en pente. Un instant plus tard, il entendit derrière lui un pas pressé, une respiration, un bruissement de robe.

Il se retourna. Personne. La place sombre était vide. Le vent de la nuit chassait sur les dalles une feuille de journal.

Il soupira, ricana de nouveau, enfonça profondément ses poings dans les poches de son pantalon, et, regardant les étoiles qui s'allumaient et pâlissaient, comme si un gigantesque soufflet les attisait, il descendit vers la mer.

Là, au-dessus de l'ondulation lunaire et harmonieuse des vagues, il s'assit sur le bord en pierre d'un vieux quai, les jambes ballantes, et resta ainsi longuement, le visage renversé, prenant appui sur les paumes, les bras écartés en arrière.

Une étoile filante tomba avec l'imprévu d'un arrêt cardiaque. Une bourrasque puissante et propre de vent passa dans ses cheveux qui blanchissaient au clair de lune[1].

1. « Port », nouvelle publiée dans *Roul,* le 24 mai 1924 et reprise dans le recueil intitulé *Le retour de Tchorb,* publié en 1930.

La bagarre

1

Le matin, si le soleil m'y invitait, j'allais me baigner en dehors de la ville. Près du terminus de la ligne de tramway, les conducteurs — trapus, aux immenses bottes à bout rond — se reposaient sur un banc vert en savourant une cigarette ; ils frottaient parfois leurs lourdes mains imprégnées d'une odeur de métal et regardaient un homme revêtu d'un tablier humide, à côté d'eux, juste le long des rails, qui arrosait un églantier en fleur, et ils voyaient l'eau gicler d'un tuyau brillant dont l'éventail flexible et argenté se déployait face au soleil ou bien s'inclinait souplement au-dessus des buissons frémissants. Je passais à côté d'eux en serrant sous mon bras une serviette roulée, je me dirigeais d'un pas rapide vers la lisière de la forêt ; là, les troncs des nombreux pins frêles et rugueux, marron à leur base, couleur chair un peu plus haut, étaient bigarrés de petites ombres, et l'herbe chétive en dessous était parsemée de lambeaux de soleil et de lambeaux de journaux qui semblaient se compléter. Soudain le ciel agitait joyeusement les troncs : à travers les vagues argentées du sable, je descendais vers le lac où les voix des baigneurs braillaient avant de se recroqueviller, et les têtes apparaissaient à la surface lumineuse de l'eau, comme des flotteurs sombres. Sur la berge en pente douce, des corps teintés de toutes les nuances du bronzage étaient allongés sur le dos et sur le ventre : certains avaient encore des mouchetures roses sur les omoplates, d'autres étaient brûlants comme le cuivre ou avaient la couleur du café crème. Je me débarrassais de ma chemise et aussitôt le soleil m'inondait avec une tendresse aveugle.

Et chaque matin, exactement à neuf heures, le même homme apparaissait à côté de moi. C'était un Allemand d'un certain âge, boiteux, vêtu d'un pantalon et d'un blouson de coupe semi-militaire, avec une grande tête chauve caressée par le soleil au point de devenir rutilante. Il apportait un parapluie noir comme un vieux corbeau et un balluchon habilement noué qu'il défaisait aussitôt en une couverture grise, un drap de bain et une liasse de journaux. Il étalait soigneusement la couverture sur le sable et, ne gardant sur lui que son caleçon de bain qu'il avait préalablement mis sous son pantalon, il s'installait le plus confortablement du monde sur la couverture, fixait le parapluie ouvert au-dessus de sa tête afin que l'ombre ne lui tombe que sur le visage, et il s'attaquait à la lecture des journaux.

Je le surveillais du coin de l'œil, avisant ses poils sombres, comme peignés, sur ses puissantes jambes torses, sa bedaine enflée au nombril profond qui regardait le ciel comme un œil, et j'étais très curieux de savoir qui était cet homme qui aimait le soleil avec une telle ferveur.

Nous nous prélassions des heures entières sur le sable. Les nuages d'été passaient dans le ciel telle une caravane ondoyante — nuages-dromadaires, nuages-tentes. Le soleil tentait de se faufiler entre eux, mais ils le recouvraient de leur frange aveuglante, l'air devenait terne, puis une lueur enflait de nouveau ; ce n'était pas notre rive qui s'illuminait la première, mais celle d'en face : nous restions dans une ombre uniforme et incolore, alors que là-bas se répandait déjà une lumière chaude, là-bas les ombres des pins reprenaient vie sur le sable, les petits hommes nus sculptés dans le soleil s'enflammaient, et soudain, comme un énorme œil de bonheur, la lueur se dévoilait de notre côté également. Alors je bondissais sur mes pieds que brûlait doucement le sable gris, je courais vers l'eau, je m'y enfonçais bruyamment. Il était bon ensuite de se sécher au soleil, de le sentir boire avidement de ses lèvres patelines les perles fraîches qui restaient sur mon corps.

Mon Allemand replie son parapluie et, faisant trembler prudemment ses mollets tordus, descend à son tour dans l'eau où, selon l'habitude des baigneurs d'un certain âge, il se mouille d'abord la tête, puis se met à nager en faisant de grands mouvements. Le vendeur de bonbons acidulés passe le long de la rive en hurlant sa marchandise. Deux autres, en costume de bain, se hâtent de transporter un seau de cornichons, et mes voisins de soleil, des jeunes gens assez vulgaires mais merveilleusement bâtis, reprennent les braillements brefs des marchands en les imitant habilement. Un petit enfant tout nu et noir, à cause du sable mouillé qui est collé sur lui, clopine à côté de moi et fait sauter de façon comique son petit bout tendre entre ses jambes dodues. A côté, sa mère est assise, à moitié déshabillée, mignonne : elle coiffe ses longs cheveux noirs en tenant ses épingles dans la bouche. Et un peu plus loin, juste à la lisière du bois, de jeunes garçons brunis par le soleil jouent vigoureusement au ballon, le lançant d'une seule main, et dans ce geste revit le mouvement immortel du discobole ; et voici que les pins frémissent dans un bruissement attique à cause d'une brise légère, et il me semble que le monde entier, comme cette balle là-bas, grosse et charnue, a décrit un arc admirable pour retourner dans les bras d'un dieu païen nu. Et pendant ce temps, un aéroplane émerge au-dessus des pins au milieu d'exclamations éoliennes et un athlète hâlé, après avoir interrompu le jeu, regarde le ciel où filent en direction du soleil deux ailes bleues dans un vrombissement et un enthousiasme dédaléens.

J'ai envie de raconter tout cela à mon voisin quand il sort de l'eau en respirant péniblement et en dévoilant ses dents inégales, avant de s'allonger de nouveau sur le sable. Mais je possède trop peu de mots allemands, et c'est la seule raison pour laquelle il ne me comprend pas ; en revanche, il me sourit de tout son être, de l'éclat de sa calvitie, de la touffe noire de ses moustaches, de sa joyeuse bedaine grassouillette avec le petit sentier de poils courant au milieu.

2

Sa profession me fut révélée tout à fait par hasard. Une fois, à la nuit tombante, à l'heure où les automobiles mugissent encore plus sourdement et où les monticules d'oranges sur les étals brûlent dans l'air bleu comme dans le midi, je m'étais retrouvé dans un quartier éloigné et j'étais entré dans une taverne afin d'étancher cette soif du soir que connaissent si bien ceux qui vagabondent dans les villes. Mon joyeux Allemand était derrière le bar rutilant, tirait d'un robinet un gros courant jaune, coupait avec une spatule la mousse qui débordait abondamment. Un cocher immense et lourd, avec des moustaches grises, était accoudé au bar : il regardait le robinet, écoutait la bière qui moussait comme de l'urine de cheval. Après avoir levé les yeux vers moi, le patron eut un large sourire, il me versa également de la bière, lança une pièce qui résonna dans la caisse. A côté, une jeune fille aux cheveux blonds, aux coudes roses et pointus, vêtue d'une robe à carreaux, lavait et essuyait les verres en faisant grincer un torchon. Le soir même j'appris qu'il s'agissait de sa fille, qu'elle s'appelait Emma, et que lui-même s'appelait Krause. Je m'assis dans un coin pour me mettre à siroter sans me presser ma bière légère à la crinière blanche qui avait de vagues relents de métal. C'était une gargote ordinaire : deux ou trois réclames pour des boissons, les bois d'un cerf, un plafond bas et sombre avec des guirlandes de fanions de papier, traces d'une fête. Derrière le comptoir des bouteilles reluisaient sur des étagères, un peu plus haut une horloge démodée, représentant un petit chalet d'où jaillissait un coucou, égrenait, pleine d'importance, son tic-tac. Un poêle en fonte étirait son tuyau annelé le long du mur et lui faisait faire un coude vers la bigarrure des fanions du plafond. Sur les solides tables nues, les sous-verre de carton des chopes de bière faisaient des taches blanchâtres. A l'une de ces tables, un homme somnolent avec des plis de graisse appétissante sur la nuque et un gaillard maussade aux dents blanches, apparemment un typographe ou un électricien, jouaient aux dés.

On était bien, tranquilles. L'horloge découpait sans se presser les fractions sèches du temps. Emma faisait tinter les verres et ne cessait de regarder dans le coin où, dans un étroit miroir coupé par les caractères dorés d'une réclame, se reflétaient le profil acéré de l'électricien et sa main qui soulevait le cornet noir contenant les dés du jeu.

Le lendemain matin, je passai de nouveau à côté des conducteurs de tramway, à côté de l'éventail d'eau où glissait admirablement un arc-en-ciel, et je me retrouvai sur la rive ensoleillée où Krause se prélassait déjà. Il sortit de dessous le parapluie son visage en sueur et se mit à me parler : de l'eau, de la canicule. Je m'allongeai, fronçai les yeux à cause du soleil et quand je les rouvris, tout était bleu autour de moi. Soudain, un petit fourgon emprunta la route de la berge, dans les taches de soleil, entre les pins, suivi d'un policier à bicyclette. Dans le fourgon, un chien qui avait été attrapé se débattait, hurlait de petits aboiements larmoyants. Krause se souleva, cria de toutes ses forces : « Attention ! L'attrapeur de chiens ! » et aussitôt quelqu'un reprit ce cri, le cri se transmit de gorge en gorge, faisant le tour du lac circulaire, devançant cet homme, et les gens prévenus se précipitaient vers leur chien, leur passaient une muselière, faisaient claquer leur laisse. Krause écouta avec satisfaction la répétition de ces bruits qui s'éloignaient et il me fit un clin d'œil plein de bonhomie : « Et voilà. Il n'en prendra pas un de plus. »

Je me mis à aller assez souvent dans son café. Emma me plaisait beaucoup, avec ses coudes nus et son petit visage d'oiseau aux yeux tendres et toujours vagues. Mais j'aimais particulièrement la façon dont elle regardait son amant, l'électricien, quand il s'accoudait paresseusement sur le bar. Je le voyais de côté : un pli de hargne et d'amertume au coin de la bouche, un œil de loup ardent, une barbe bleue sur une joue creuse et pas rasée depuis longtemps. Elle le regardait avec un tel effroi, un tel amour, et alors qu'il lui disait quelque chose à voix basse les yeux fixés dans son regard, elle hochait la tête avec une telle confiance, ses lèvres pâles entrouvertes, que je ressentais dans mon coin une joie et une légèreté enthousiasmantes, comme si Dieu m'avait confirmé l'immortalité de l'âme ou qu'un génie avait fait l'éloge de mes livres. Je me souvins également de la main humide de mousse de l'électricien, du majeur de cette main qui serrait la chope, de l'énorme ongle noir fendu en son milieu.

La dernière fois que je me trouvais là, je me souviens que c'était un soir étouffant, orageux, puis il y eut une bourrasque et les gens sur la place partirent en courant vers l'escalier de la station souterraine : dans l'obscurité cendrée de la place le vent déchirait les vêtements comme dans le tableau *La fin de Pompéi*[1]. Le patron dans le café blafard avait chaud ; il déboutonna son col et dîna d'un air maussade avec deux boutiquiers. Il était déjà tard, et la pluie bruissait sur les carreaux quand l'électricien arriva. Il était trempé, il frissonna et grommela quelque chose d'un air contrarié en voyant qu'Emma n'était pas au bar. Krause se taisait en mâchant une saucisse grise comme un pavé.

Et je sentis alors que quelque chose d'étonnant allait se passer. J'avais beaucoup bu, et mon âme, mon instinct avide et perspicace avaient soif de spectacle. Tout commença très simplement. L'électricien, qui s'était approché du bar, se versa négligemment du cognac d'une bouteille plate, l'avala, s'essuya les lèvres avec son poing et, après avoir donné une tape sur sa casquette, se dirigea vers la porte. Krause avait croisé son couteau et sa fourchette sur son assiette, puis avait dit à haute voix : « Halte-là ! Vingt-cinq *pfennigs* ! »

L'électricien qui allait saisir la poignée de la porte se retourna :

« Je suppose que je suis chez moi ici.

— Tu ne paieras pas ? » demanda Krause.

1. Allusion probable aux *Derniers Jours de Pompéi* de Karl Brioulov (1799-1852), tableau extrêmement célèbre en Russie.

Emma sortit soudain du fond, sous la pendule : elle regarda son père, son amant, puis se pétrifia. Au-dessus d'elle surgit le coucou en gazouillant et il se recacha aussitôt.

« Laissez-moi tranquille ! » dit lentement l'électricien qui sortit.

Alors Krause se jeta dans sa direction avec une agilité étonnante, il tira brutalement la porte. Après avoir bu un fond de bière, je sortis également en courant : une rafale de vent moite me cingla agréablement le visage.

Ils étaient l'un en face de l'autre sur le trottoir noir, luisant de pluie, et tous les deux vociféraient : je ne pouvais comprendre tous les mots dans ces rugissements sourds qui s'élevaient, mais un mot se répétait nettement : « Vingt, vingt, vingt ». Quelques personnes s'étaient déjà arrêtées pour regarder la querelle ; moi-même, elle me fascinait, avec le reflet du réverbère sur les visages déformés, une veine gonflée sur le cou nu de Krause, et en plus je me souvins, je ne sais pourquoi, de ce jour où je m'étais merveilleusement bagarré avec un Italien noir comme un scarabée dans le bouge d'un port : ma main s'était retrouvée dans sa bouche pour serrer rageusement la peau humide de sa joue et essayer de la déchirer.

L'électricien et Krause hurlaient de plus en plus fort. Emma se glissa à côté de moi, elle s'arrêta, elle n'osait pas s'approcher et criait seulement d'un air désespéré : « Otto !... Père !... Otto !... Père !... » et à chacun de ses cris, la petite foule se trémoussait dans un rire expectatif.

Ils en vinrent aux mains avec avidité, les poings frappaient dans un bruit sourd ; l'électricien cognait sans rien dire, et Krause ahanait en donnant des coups : « Ha ! Ha ! » Le fluet Otto eut tout de suite l'échine pliée, du sang noir coula de ses narines, il essaya soudain de saisir la lourde main qui lui frappait le visage, mais, n'y arrivant pas, il tituba et s'écroula face contre terre sur le trottoir. On s'approcha de lui en courant, il me fut dissimulé. Je me souvins que j'avais laissé mon chapeau sur la table, et je revins dans la taverne. Elle me sembla étrangement calme et lumineuse. Emma était assise dans un coin, la tête posée sur son bras étendu en travers de la table. Je m'approchai, lui caressai les cheveux, elle leva vers moi son visage plein de larmes et rabaissa la tête. J'embrassai alors délicatement la raie de ses cheveux tendres qui sentaient la cuisine, et je sortis dans la rue après avoir pris mon chapeau. Les gens étaient encore attroupés. Krause, qui respirait péniblement, comme le jour où il était sorti de l'eau sur la berge, expliquait quelque chose au policier.

Je ne sais pas et ne veux pas savoir qui est coupable et qui a raison dans cette histoire. On aurait pu la tourner tout à fait différemment, raconter avec sympathie comment, à cause de quelques sous, un bonheur avait été outragé, comment Emma avait pleuré toute la nuit et, après s'être réveillée le matin, avait vu de nouveau — en rêve — son père devenu féroce briser son amant. Mais peut-être ne s'agit-il pas du tout des souffrances et des joies humaines, mais d'un jeu d'ombres et de lumière sur un corps vivant, de l'harmonie des détails insignifiants réunis aujourd'hui, réunis maintenant de façon unique et inimitable [1].

1. « Draka ». Nouvelle parue à Berlin dans *Roul*, le 26 septembre 1925. Traduite pour la première fois en anglais par Dmitri Nabokov, elle a été publiée dans le *New Yorker* le 18 février 1985.

La Vénitienne

1

Devant le château rouge, au milieu des ormes magnifiques, le court était recouvert d'un gazon verdoyant. Tôt le matin, le jardinier l'avait damé avec un rouleau de pierre, il avait arraché deux ou trois marguerites et, après avoir tiré de nouveaux traits sur le gazon avec de la craie en poudre, il avait tendu vigoureusement entre les deux poteaux un nouveau filet élastique. Le majordome avait apporté de la bourgade voisine une boîte en carton où étaient disposées une douzaine de balles blanches comme neige, mates au toucher, légères encore, encore vierges, enveloppées chacune séparément dans des feuilles de papier transparent, comme des fruits précieux.

Il était environ cinq heures de l'après-midi ; la lumière aveuglante du soleil somnolait çà et là sur l'herbe, sur les troncs, sourdait à travers les feuilles et inondait placidement le terrain qui avait repris vie.

Quatre personnes jouaient : le colonel lui-même — propriétaire du château —, Mme Magor, Frank — le fils du propriétaire — et Simpson, son camarade d'université.

Les mouvements d'un joueur durant une partie sont exactement les mêmes que son écriture au repos : ils sont très parlants sur lui-même. A en juger par les coups empotés et secs du colonel, par l'expression tendue de son visage charnu qui, semblait-il, venait de cracher ces moustaches grises et lourdes formant un tas au-dessus de la lèvre ; à en juger par son col de chemise qu'il ne dégrafait pas malgré la chaleur et par les balles qu'il passait après avoir planté l'un contre l'autre les poteaux blancs de ses jambes, on pouvait en conclure, premièrement, qu'il n'avait jamais bien joué et que, deuxièmement, il était un homme posé, suranné, obtus, parfois sujet à des bouffées pétillantes de colère : ainsi, ayant envoyé la balle dans les rhododendrons, éructait-il dans ses dents un bref juron ou bien il écarquillait des yeux de poisson en examinant sa raquette, comme s'il n'avait pas la force de lui pardonner un raté aussi vexant.

Simpson, son coéquipier d'occasion, un jeune homme frêle et roux, aux grands yeux modestes mais déments qui palpitaient et brillaient derrière les verres de son pince-nez comme des papillons bleus et chétifs, essayait de jouer du mieux qu'il pouvait, bien que le colonel, cela va de soi, n'exprimât jamais son dépit quand il perdait un point sur une faute de son partenaire. Mais quels que soient les efforts de Simpson, quels que soient ses bonds, rien ne lui réussissait : il sentait qu'il était battu à plate couture, que sa timidité l'empêchait de frapper avec précision et qu'il tenait dans sa main non pas l'arme d'un jeu, subtilement et intelligemment constituée de fils ambrés et sonores tendus sur un cadre magnifiquement calculé, mais une bûche sèche et malcommode sur laquelle ricochait une balle dans un craquement morbide pour se retrouver soit dans le filet, soit dans les buissons, manquant même de faire tomber le chapeau de paille sur la calvitie ronde de M. Magor qui se tenait à l'écart du court et regardait sans intérêt particulier la façon dont sa jeune femme Maureen et Frank, svelte et agile, battaient leurs adversaires en sueur.

Si Magor, vieil amateur de peinture, mais également restaurateur, parqueteur, rentoileur de tableaux plus vieux encore, qui voyait le monde comme une assez mauvaise étude peinte avec des couleurs instables sur une toile périssable, avait été ce spectateur intéressé et impartial qu'il est parfois si commode d'attirer, il aurait pu en conclure, bien sûr, que Maureen, cette grande femme gaie aux cheveux sombres, vivait avec autant d'insouciance qu'elle jouait et que Frank apportait dans cette vie cette manière de retourner la balle la plus difficile avec une élégante sveltesse. Mais de même que l'écriture trompe souvent le chiromancien par son apparente simplicité, maintenant aussi le jeu de ce couple en blanc ne dévoilait en réalité rien d'autre que le fait que Maureen jouait comme une femme, sans ardeur, faiblement et mollement, tandis que Frank s'efforçait de ne pas trop les malmener, se souvenant qu'il ne se trouvait pas dans un tournoi universitaire, mais dans le jardin de son père. Il allait mollement à la rencontre de la balle et un coup long lui procurait une jouissance physique : tout mouvement tend au cercle fermé et bien qu'à mi-chemin il se transforme en un vol rectiligne de la balle, cette prolongation invisible se sent cependant instantanément dans la main, elle court le long des muscles jusqu'à l'épaule, et c'est précisément dans ce long éclair intérieur que réside la jouissance du coup. Avec un sourire impassible sur son visage rasé et hâlé dévoilant une dentition parfaite et aveuglante, Frank s'élevait sur la pointe des pieds, et sans efforts apparents remuait son bras dénudé jusqu'au coude : dans ce large mouvement, il y avait une force électrique, et avec un claquement particulièrement précis et sourd il faisait rebondir la balle sur les cordes de la raquette.

Il était arrivé ici le matin, chez son père, pour les vacances, avec son ami, et il avait trouvé sur place M. Magor et sa femme qu'il connaissait déjà, et qui étaient les invités du château depuis plus d'un mois ; car le colonel, qui brûlait pour la peinture d'une noble passion, pardonnait volontiers à Magor son origine étrangère, sa sauvagerie et son absence d'humour, en raison de l'aide que lui apportait ce célèbre expert en peinture, en raison de ces toiles admirables et inestimables qu'il lui avait procurées. Et la dernière acquisition du colonel était particulièrement admirable : un portrait de femme, une œuvre de Luciani, vendue par Magor pour un prix tout à fait somptueux.

Magor, aujourd'hui, sur l'insistance de sa femme qui connaissait la susceptibilité du colonel, avait revêtu un costume d'été blanc à la place de la veste noire qu'il portait d'ordinaire, mais qui ne paraissait quand même pas convenable au maître de maison : sa chemise était empesée, avec des boutons de nacre, et c'était inconvenant, bien entendu. Les bottines jaune et rouge, comme l'absence en bas de son pantalon de ces revers arrondis qu'avait instantanément mis à la mode le défunt roi, obligé de traverser une route à travers des flaques, n'étaient pas particulièrement convenables, et son vieux chapeau de paille qui semblait rongé, et sous lequel s'échappaient les boucles grises de Magor, ne semblait pas particulièrement élégant non plus. Son visage avait quelque chose de simiesque, avec une bouche proéminente, un long revers de lèvre et tout un système complexe de rides, de sorte que l'on pouvait sans doute lire à livre ouvert sur son visage. Alors qu'il suivait les aller-retour de la balle, ses petits yeux verdâtres couraient de droite à gauche, puis de gauche à droite, pour s'arrêter afin de cligner paresseusement quand le vol de la balle s'interrompait. Dans l'éclat du soleil, la blancheur des trois paires de pantalons de flanelle et d'une joyeuse jupette était étonnamment belle sur le feuillage du pommier, mais, comme il a été remarqué plus haut, M. Magor ne considérait le créateur de la vie que comme un médiocre imitateur des maîtres que quarante ans durant il avait étudiés.

Sur ces entrefaites, Frank et Maureen, qui avaient remporté cinq jeux d'affilée, s'apprêtaient à remporter le sixième. Au service, Frank lança du bras gauche la balle bien haut, s'inclina de tout son corps en arrière comme s'il tombait à la renverse et avec un ample mouvement en forme d'arc il jaillit en avant après avoir fait glisser la raquette luisante sur la balle qu'il envoya au-dessus du filet et, en sifflant, il bondit tel un éclair blanc à côté de Simpson qui avait vainement coupé dans sa direction.

« C'est fini », dit le colonel.

Simpson éprouva un profond soulagement. Il avait trop honte de ses coups maladroits pour être en état de se passionner pour le jeu et cette honte était encore plus aiguë parce que Maureen lui plaisait extraordinairement. Comme il se doit, tous les participants au jeu se saluèrent, et Maureen eut un sourire narquois en arrangeant un ruban sur ses épaules dénudées. Son mari applaudissait d'un air indifférent.

« Nous devons nous battre tous les deux », remarqua le colonel en donnant une tape savoureuse sur le dos de son fils qui enfilait en maugréant sa veste club, blanche à rayures framboise, avec un écusson violet sur le côté.

« Du thé ! dit Maureen. J'ai envie de thé. »

Tous se rendirent à l'ombre d'un orme gigantesque où le majordome et la femme de chambre habillée en blanc et en noir avaient installé une petite table légère. Il y avait du thé noir comme de la bière munichoise, des sandwichs composés de tranches de cornichons et de rectangles de mie de pain, un cake brun couvert des pustules noires des raisins, un gros gâteau *Victoria*[1] à la crème. Il y avait également quelques bouteilles en grès de *ginger ale*.

1. Génoise fourrée de confiture ou de crème, comme ici.

« De mon temps, dit le colonel en s'affalant avec une lourde volupté dans un fauteuil pliant en toile, nous préférions les véritables sports anglais et sains comme le rugby, le cricket ou la chasse. Il y a quelque chose d'étranger dans les jeux d'aujourd'hui. Quelque chose de fluet. Je suis un ferme partisan des combats virils, de la viande saignante, d'une bouteille de porto le soir, ce qui ne m'empêche pas, acheva le colonel en lissant ses grosses moustaches avec une petite brosse, d'aimer les chairs rebondies des tableaux anciens où l'on voit le reflet de ce même bon vin.

— Au fait, mon colonel, la *Vénitienne* est accrochée », dit Magor d'une voix morose, après avoir posé son chapeau sur le gazon à côté de sa chaise et en frottant sa main sur son crâne nu comme un genou autour duquel frisaient des boucles grises et sales, encore épaisses. « J'ai choisi l'endroit le plus lumineux de la galerie. On a ajusté une lampe au-dessus. J'aimerais bien que vous y jetiez un coup d'œil. »

Le colonel fixa ses yeux brillants successivement sur son fils, sur Simpson qui était confus, sur Maureen qui riait et faisait des grimaces à cause du thé brûlant.

« Mon cher Simpson, s'exclama-t-il vigoureusement en fondant sur la proie qu'il avait choisie, vous n'avez pas encore vu une chose pareille ! Excusez-moi de vous arracher à votre sandwich, mon ami, mais je dois vous montrer mon nouveau tableau. Les connaisseurs en sont fous. Allons-y ! Il va de soi que je n'ose proposer à Frank... »

Frank s'inclina joyeusement.

« Tu as raison, père. La peinture me donne la nausée.

— Nous revenons tout de suite, madame Magor, dit le colonel en se levant. Attention ! vous allez marcher sur la bouteille, s'adressa-t-il à Simpson qui s'était également levé. Préparez-vous à une douche de beauté. »

Ils se dirigèrent tous les trois vers la demeure, à travers le gazon doucement illuminé. Frank, les yeux froncés, les suivit du regard, baissa les yeux vers le chapeau de paille que Magor avait laissé sur le gazon à côté de la chaise (il montrait à Dieu, au ciel bleu, au soleil son fond blanchâtre portant une tache sombre de graisse au milieu, sur la marque d'un chapelier viennois), puis, après s'être tourné vers Maureen, il prononça quelques mots qui étonneront certainement un lecteur peu perspicace. Maureen était assise dans un fauteuil bas, toute dans les petits cercles tremblants du soleil, le front appuyé contre les croisillons dorés de la raquette, et son visage devint aussitôt plus vieux et plus sévère quand Frank dit :

« Eh bien, Maureen ? Maintenant nous devons prendre une décision... »

2

Magor et le colonel, tels deux gardes, firent entrer Simpson dans une salle vaste et fraîche où des tableaux luisaient sur les murs et où il n'y avait pas de meubles hormis une table ovale en ébène brillant qui était au centre et dont les quatre pieds se reflétaient dans le jaune noisette du parquet miroitant. Ayant conduit le prisonnier vers une grande toile dans un cadre doré et mat, le colonel et Magor s'arrêtèrent, le premier ayant fourré ses mains dans les poches, le second extrayant d'une narine de la poussière grise et sèche et la dispersant d'un petit mouvement circulaire des doigts.

Le tableau était vraiment très beau. Luciani avait représenté une beauté vénitienne de trois quarts sur un fond noir et chaud. Un tissu rose dévoilait un cou puissant et hâlé aux plis extraordinairement tendres sous l'oreille, et une fourrure de lynx gris, bordant un mantelet cerise, tombait de l'épaule gauche ; de sa main droite, de ses doigts effilés écartés deux par deux, elle venait à peine, semble-t-il, de s'apprêter à arranger la fourrure qui glissait, mais elle s'était figée en jetant depuis la toile un regard fixe, de ses yeux marron et entièrement sombres, avec un air langoureux. Sa main gauche, dans des vagues de batiste blanche autour du poignet, tenait un panier avec des fruits jaunes ; une coiffe, telle une fine couronne, luisait sur ses cheveux marron foncé. Et sur sa gauche, la tonalité noire s'interrompait par un grand rectangle donnant sur l'air crépusculaire, l'abîme bleu-vert d'une soirée nuageuse [1].

1. La description précise du tableau de Sebastiano del Piombo correspond exactement à l'une des œuvres du portraitiste de la Renaissance, qui se trouve à Berlin (Staatliche Museen), et est répertoriée sous le titre *Jeune Romaine dite Dorothée*. Né en 1485

Ce ne sont pas les détails des étonnantes combinaisons des ombres, ce n'est pas la chaleur sombre de tout le tableau qui frappèrent Simpson. Il y avait quelque chose d'autre. Ayant légèrement penché la tête de côté pour rougir aussitôt, il dit :

« Mon Dieu, comme elle ressemble...

— A ma femme, acheva d'une voix morose Magor en dispersant la poussière sèche.

— C'est extraordinairement beau, chuchota Simpson en penchant la tête de l'autre côté, extraordinairement...

— Sebastiano Luciani, dit le colonel en fronçant les yeux avec fatuité, est né à Venise à la fin du XVe siècle, et il est mort au milieu du XVIe, à Rome. Bellini et Giorgione furent ses maîtres, Michel-Ange et Raphaël ses rivaux. Comme vous le voyez, il combine la force du premier à la tendresse du

---

à Venise et mort à Rome en 1547, Sebastiano del Piombo fit connaître la peinture vénitienne aux artistes romains et son installation à Rome, où il arriva peu après l'achèvement du plafond de la Chapelle Sixtine et où il devint un ami intime de Michel-Ange, fut le couronnement de sa carrière. Parmi ses œuvres répertoriées les plus importantes, on compte également un *Portrait de dame,* qui se trouve en Grande-Bretagne à Longford Castle (collection Earl of Radnor). Une allusion à l'existence de ce dernier tableau est faite par Nabokov à la fin de la huitième partie de la nouvelle : « C'est aujourd'hui qu'arrive de Londres le jeune Lord Northwick qui possède, comme vous le savez, un autre tableau du même del Piombo. » Par ailleurs, une très belle toile de ce peintre faisait déjà partie des collections du Fitzwilliam Museum de Cambridge. En tout état de cause, Nabokov fait preuve d'une connaissance précise de la peinture de la Renaissance italienne.

second. Il n'aimait guère Santi, d'ailleurs, et ce n'était pas seulement une question de vanité : la légende dit que notre artiste n'était pas indifférent à la Romaine Margarita, surnommée par la suite la Fornarina. Quinze ans avant sa mort, il prononça des vœux de religion à l'occasion de l'obtention d'une fonction aisée et lucrative offerte par Clément VII. Depuis il est appelé Fra Sebastiano del Piombo. “ Il Piombo ” signifie le “ plomb ”, car sa fonction consistait à appliquer d'immenses sceaux de plomb aux bulles enflammées du pape. En tant que moine, il fut débauché, faisait bombance avec goût et écrivait des sonnets médiocres. Mais quel maître !... »

Et le colonel jeta un coup d'œil furtif à Simpson, remarquant avec satisfaction l'impression qu'avait produite le tableau sur son affable invité.

Mais il faut de nouveau souligner ceci : Simpson, qui n'avait pas l'habitude de contempler de la peinture, était bien entendu incapable d'apprécier l'art de Sebastiano del Piombo, et la seule chose qui le charmait, indépendamment, bien entendu, de l'action purement physiologique des merveilleuses couleurs sur les nerfs optiques, était cette ressemblance qu'il avait immédiatement remarquée, bien qu'il ait vu Maureen aujourd'hui pour la première fois. Et il était remarquable que le visage de la Vénitienne, avec son front lisse, comme inondé par le reflet mystérieux de quelque lune olive, avec ses yeux entièrement sombres et l'expression sereinement vigilante de ses lèvres mollement serrées, lui ait expliqué la beauté véritable de cette Maureen qui riait, qui fronçait et faisait jouer tout le temps ses yeux, dans une lutte constante avec le soleil, avec les taches vives qui glissaient sur sa jupe blanche quand, écartant les feuilles bruissantes avec sa raquette, elle cherchait une balle égarée.

Profitant de la liberté qu'offre un hôte à ses invités en Angleterre, Simpson ne revint pas boire du thé, mais il traversa le jardin en contournant les massifs étoilés de fleurs ; il se perdit bientôt dans les ombres en damier de l'allée du parc qui sentait la fougère et les feuilles pourries. Les arbres immenses étaient si vieux qu'il avait fallu soutenir leurs branches avec des étais rouillés et ils étaient puissamment voûtés, comme des géants séniles appuyés sur des béquilles métalliques.

« Ah ! quel tableau étonnant », chuchota de nouveau Simpson. Il marchait en agitant doucement sa raquette, voûté et faisant patauger ses semelles en caoutchouc. Il faut se le représenter avec précision : fluet, roux, vêtu d'un pantalon de toile blanche et molle, d'une veste grise trop large avec une martingale, et il faut bien noter également son léger pince-nez sans monture sur son nez aplati et grêlé, ainsi que ses yeux faibles, légèrement insensés, et les taches de rousseur sur son front arrondi, sur ses pommettes, sur son cou rougi par le soleil d'été.

Il étudiait en deuxième année à l'université, vivait modestement et suivait assidûment les cours de théologie. Il s'était lié d'amitié avec Frank, non seulement parce que le destin les avait logés dans le même appartement qui consistait en deux chambres et un salon, mais principalement parce que, comme la plupart des gens veules, timorés et secrètement exaltés, il était instinctivement attiré par un homme chez qui tout était clair et solide : les dents, les muscles, comme la force physique de l'âme — la volonté. Et Frank, de son côté, cette fierté du collège, ramait dans les courses et filait à travers champs avec une pastèque en cuir sous le bras, et il savait porter un coup de poing juste à l'extrémité du menton où se trouve le même petit os musical que dans le coude, un coup qui agit sur son adversaire comme un soporifique ; cet extraordinaire Frank, aimé de tous, trouvait quelque chose de très flatteur pour son amour-propre dans l'amitié de ce maladroit et faible Simpson. Simpson savait d'ailleurs cette chose étrange que Frank cachait à ses autres amis qui ne le connaissaient que pour être un superbe sportif et un joyeux boute-en-train et qui ne prêtaient aucune attention aux rumeurs fugaces selon lesquelles Frank était un dessinateur exceptionnel, mais ne montrait ses dessins à personne. Il ne parlait jamais d'art, chantait et buvait volontiers, faisait les quatre cents coups, mais il était parfois pris d'une soudaine obscurité ; alors, il ne sortait pas de sa chambre, ne laissait entrer personne, et seul son compagnon, l'affable Simpson, voyait ce qu'il faisait. Ce que Frank créait durant ces deux ou trois jours d'isolement farouche, soit il le cachait, soit il le détruisait, puis, comme s'il avait offert ce tribut tourmenté au prophète, il était de nouveau gai et simple. Une seule fois, il en avait parlé à Simpson.

« Tu comprends, lui avait-il dit en plissant son front pur et en vidant vigoureusement sa pipe, je considère qu'il y a dans l'art — particulièrement en peinture — quelque chose de féminin, de morbide, d'indigne d'un homme fort. J'essaye de lutter contre ce démon parce que je sais la façon dont il perd les hommes. Au cas où je me livrerais entièrement à lui, c'est une vie non pas tranquille et mesurée, avec une quantité limitée de chagrins, une quantité limitée de plaisirs, avec des règles précises sans lesquelles tout jeu perd son charme, ce n'est pas cette vie-là qui m'attend, mais la confusion totale ou Dieu sait quoi ! Je serai tourmenté jusqu'à ma tombe, je ressemblerai à ces malheureux que j'ai rencontrés à Chelsea, à ces imbéciles vaniteux aux cheveux longs, vêtus de blousons de velours, détraqués, faibles, n'aimant que leur palette poisseuse... »

Mais le démon était apparemment très fort. A la fin du semestre d'hiver, Frank, sans avoir dit quoi que ce soit à son père — et le vexant ainsi profondément —, était parti en Italie, en troisième classe, et un mois plus tard, il était revenu directement à l'université, bronzé, gai, comme s'il s'était défait à jamais de la fièvre ténébreuse de la création.

Par la suite, quand vinrent les vacances d'été, il proposa à Simpson de séjourner quelque temps dans la propriété paternelle, et Simpson, rougissant de gratitude, avait donné son accord car, une fois de plus, il songeait avec terreur au retour chez lui, dans cette petite ville tranquille du Nord où chaque mois était commis un crime épouvantable, chez son père pasteur, homme tendre et anodin, mais complètement fou, plus préoccupé de jouer de la harpe et de faire de la métaphysique en chambre, que de ses ouailles.

La contemplation de la beauté, qu'il s'agisse d'un coucher de soleil aux tonalités particulières, d'un visage lumineux ou d'une œuvre d'art, nous force à nous retourner inconsciemment sur notre propre passé, à nous confronter, à confronter notre âme à la beauté parfaite et inaccessible qui nous est dévoilée. C'est précisément pourquoi Simpson, devant lequel venait de se dresser dans la batiste et le velours une Vénitienne morte depuis longtemps, se souvenait maintenant en marchant doucement sur la terre mauve de l'allée — silencieuse à cette heure où le jour déclinait —, se souvenait à la fois de son amitié pour Frank, de la harpe de son père et de sa jeunesse étriquée et sans joie. Le silence sonore de la forêt se remplissait parfois du craquement d'une branche remuée par on ne sait qui. Un écureuil roux glissa au pied d'un tronc, courut vers le tronc voisin, sa queue duveteuse relevée, et se précipita de nouveau en haut. Dans le doux ruissellement du soleil entre deux bras de feuillage, des moucherons tournoyaient en une poussière dorée et un bourdon bourdonnait déjà discrètement, comme tous les soirs, égaré dans les lourdes dentelles d'une fougère.

Simpson s'assit sur un banc, maculé de coups de pinceau de blanc — des fientes desséchées d'oiseaux — et il se voûta, ses coudes pointus appuyés sur les genoux. Il éprouva un accès d'hallucination auditive particulière dont il était affecté depuis l'enfance. Se trouvant dans un champ ou bien, comme maintenant, dans une forêt tranquille au déclin du jour, il se mettait involontairement à penser que dans ce silence il pouvait, en quelque sorte, entendre le sifflement délicieux de tout ce monde immense à travers l'espace, le vacarme des villes lointaines, le grondement des vagues et de la mer, le chant des fils électriques au-dessus des déserts. Et peu à peu, son ouïe, fonctionnant par la pensée, commençait à distinguer véritablement ces bruits. Il entendait le halètement d'un train — bien que la voie fût sans doute éloignée de dizaines de miles — puis le grondement et le cliquetis des roues et, au fur et à mesure que son ouïe mystérieuse s'affinait, les voix des passagers, leurs rires, leur toux, le froissement des journaux dans leurs mains, et enfin, arrivé au comble de son mirage sonore, il distinguait nettement les battements de leur cœur, et ces battements, ces vrombissements, ces grondements, en roulant et en augmentant, assourdissaient Simpson ; il tressaillait, ouvrait les yeux et comprenait que c'était son propre cœur qui battait si fort.

« Lugano, Côme, Venise... » marmonna-t-il, assis sur le banc sous un noisetier silencieux, et il entendit aussitôt le doux clapotement des villes ensoleillées, et ensuite — plus près cette fois — le tintement de grelots, le sifflement des ailes d'un pigeon, un rire sonore, semblable au rire de Maureen, et des pas, les pas de passants invisibles. Il avait envie que son ouïe s'y arrête, mais son ouïe, comme un torrent, filait de plus en plus profondément, encore un instant et — n'ayant déjà plus la force de s'arrêter dans sa chute étrange — il entendait non seulement le pas des passants, mais les battements de leur cœur, des millions de cœurs se gonflaient et grondaient, et, une fois réveillé, Simpson comprit que tous les sons, tous les cœurs étaient concentrés dans le battement fou de son propre cœur.

Il releva la tête. Une brise légère comme le mouvement d'une traîne de soie passa dans l'allée. Les rayons jaunissaient tendrement.

Il se leva, sourit faiblement et, ayant oublié la raquette sur le banc, il se dirigea vers la maison. Il était temps de se changer pour le dîner.

3

« Tout de même ! cette fourrure me donne chaud. Non, colonel, c'est simplement du chat. Mon adversaire, la Vénitienne, portait certainement quelque chose d'un peu plus précieux. Mais la couleur est la même, n'est-ce pas ? Bref, l'effet est parfait.

— Si j'osais, je vous enduirais de vernis et j'enverrais la toile de Luciani au grenier », reprit aimablement le colonel qui, en dépit de la rigueur de ses principes, n'était pas hostile à l'idée de provoquer une joute verbale et affectueuse avec une femme aussi séduisante que Maureen.

« Je me tordrais de rire, répliqua-t-elle...

— Je crains, madame Magor, que nous ne formions pour vous un arrière-plan affreusement raté, dit Frank avec un large sourire de gamin. Nous sommes des anachronismes grossiers et pleins de fatuité. Mais si votre mari revêtait une armure...

— Ce sont des bêtises ! ricana sèchement Magor. Il est aussi facile de susciter une impression de l'ancien temps que d'obtenir l'impression des couleurs en pressant la paupière supérieure. Je me permets parfois le luxe de m'imaginer le monde contemporain, nos voitures, nos modes tels qu'ils sembleront à nos descendants dans quatre ou cinq cents ans : je vous assure que je me sens alors aussi ancien qu'un moine de la Renaissance.

— Encore du vin, mon cher Simpson ? » proposa le colonel.

Le timide, l'affable Simpson, assis entre Magor et sa femme, avait mis trop tôt en service la grande fourchette, avec le deuxième plat, au lieu de la petite, de sorte que pour le plat principal il ne lui restait qu'une petite fourchette et un grand couteau, et en les utilisant maintenant, il semblait boiter d'un bras. Quand on fit passer une seconde fois le plat principal, il en reprit par nervosité, et remarqua alors qu'il était le seul à manger et que tout le monde attendait impatiemment qu'il ait terminé. Il fut si embarrassé qu'il écarta son assiette encore pleine, faillit renverser son verre et se mit à rougir lentement. Il avait déjà plusieurs fois piqué un fard au cours du repas, non parce qu'il se passait effectivement quelque chose de honteux, mais parce qu'il pensait qu'il pouvait rougir sans raison ; et alors ses joues, son front, son cou même se gorgeaient progressivement d'un sang rose, et il était aussi impossible d'arrêter cette couleur floue, douloureusement brûlante, que de retenir derrière les nuages le soleil qui en émerge. Lors de la première de ces bouffées, il fit tomber exprès sa serviette, mais lorsqu'il releva la tête, il était effrayant à voir : son faux col était sur le point de prendre feu. Une autre fois, il tenta de parer l'attaque de la vague de feu silencieuse en s'adressant à Maureen pour lui demander si elle aimait jouer au tennis sur gazon, mais malheureusement Maureen ne l'avait pas bien entendu, elle lui demanda quelle était sa question et, en répétant sa phrase stupide, Simpson rougit aussitôt aux larmes et Maureen se détourna charitablement pour parler d'autre chose.

Le fait d'être assis à côté d'elle, de sentir la chaleur de sa joue, de son épaule, d'où retombait comme sur le tableau une fourrure grise, et le fait qu'elle s'apprêtait à retenir cette fourrure mais qu'elle s'arrêtait à la question de Simpson en tendant et en joignant par deux ses longs doigts effilés le faisaient à ce point languir, qu'il y avait dans ses yeux l'éclat humide venant du feu cristallin des verres et il avait constamment l'impression que la table ronde, cette île éclairée, tournait lentement et, en tournant, voguait on ne sait où, emportant doucement ceux qui étaient assis autour d'elle. Entre les battants vitrés de la porte ouverte, on voyait dans le fond les quilles noires de la balustrade du balcon, et l'air bleu de la nuit soufflait de façon étouffante. C'est cet air que Maureen aspirait par ses narines ; ses yeux tendres et entièrement sombres glissaient de l'un à l'autre et ne souriaient pas quand un sourire soulevait à peine la commissure de ses lèvres moelleuses et sans rouge. Son visage restait dans le hâle de l'ombre, et seul son front était inondé d'une lumière lisse. Elle disait des choses sans intérêt, drôles, et tous souriaient, alors que le colonel s'empourprait agréablement à cause du vin. Magor, qui épluchait une pomme, la saisit comme un singe, dans sa paume, et son petit visage couronné de boucles grises se ridait sous les efforts, alors que le couteau en argent, fermement serré dans son poing sombre et velu, ôtait les spirales infinies de peau carmin et jaune. Simpson ne pouvait voir le visage de Frank, car il y avait entre eux un bouquet de dahlias charnus et flamboyants dans un vase resplendissant.

Après le dîner, qui s'était terminé par du porto et du café, le colonel, Maureen et Frank se mirent à jouer au bridge, avec un « mort », car les deux autres ne savaient pas jouer.

Le vieux restaurateur sortit sur le balcon sombre, les jambes arquées, et Simpson le suivit en sentant derrière son dos la chaleur de Maureen qui s'éloignait.

Magor s'affala dans un fauteuil en paille près de la balustrade, se racla la gorge et offrit à Simpson un cigare. Simpson s'assit de trois quarts sur l'appui de la balustrade et alluma maladroitement son cigare en fronçant les yeux et en gonflant ses joues.

« La Vénitienne de ce vieux débauché de del Piombo vous a donc plu », dit Magor en projetant dans l'obscurité une bouffée de fumée rose.

« Beaucoup, répondit Simpson qui ajouta : bien entendu, je n'y connais rien en peinture.

— Mais malgré tout, elle vous a plu, dit Magor

en hochant la tête. C'est merveilleux. C'est le premier pas vers la compréhension.

— Elle est comme vivante, dit d'un air songeur Simpson. On pourrait croire aux récits mystérieux sur les portraits qui deviennent vivants. J'ai lu quelque part qu'un roi est sorti de la toile et dès que... »

Magor se répandit en un rire doux et cassant.

« Ce sont des bêtises, bien entendu. Mais il existe autre chose, le contraire, si je puis dire. »

Simpson le regarda. Dans l'obscurité de la nuit le devant empesé de sa chemise bouffait en une bosse blanchâtre, et le feu rubis et bosselé du cigare éclairait d'en bas son petit visage ridé. Il avait bu beaucoup de vin et était apparemment loquace.

« Voici ce qui arrive, poursuivit-il sans se hâter; imaginez qu'au lieu de faire sortir du cadre la figure représentée, quelqu'un réussisse à entrer lui-même dans le tableau. Cela vous fait rire, n'est-ce pas? Je l'ai cependant fait maintes fois. J'ai eu le bonheur de visiter toutes les collections de tableaux d'Europe, de La Haye à Pétersbourg et de Londres à Madrid. Quand un tableau me plaisait particulièrement, je me plantais juste en face de lui et je concentrais toute ma volonté sur une seule pensée : y entrer. Cela me faisait peur, bien entendu. J'avais l'impression d'être un apôtre qui s'apprête à descendre d'une barque pour marcher sur la surface de l'eau. Mais en revanche, quelle extase! Devant moi il y avait, supposons, une toile de l'école flamande, avec la Sainte Famille au premier plan, un paysage lisse et pur en arrière-fond. Une route, vous voyez, comme rpent blanc, avec des collines vertes. Bon, je ais par me décider. Je m'arrachais de la vie et je pénetrais dans le tableau. Sensation merveilleuse ! La fraîcheur, l'air doux imprégné de cire, d'encens. Je devenais une partie vivante du tableau et tout prenait vie autour de moi. Les silhouettes des pèlerins sur la route bougeaient. La Sainte Vierge babillait quelque chose en flamand. Une petite brise balançait des fleurs conventionnelles. Des nuages voguaient... Mais cette jouissance ne durait pas longtemps ; je commençais à sentir que je me figeais mollement, que je m'engluais dans la toile, que je m'enduisais de peinture à l'huile. Alors je me renfrognais, et me tiraillant de toutes mes forces, je bondissais en dehors : il y avait un doux bruit de clapotis comme lorsqu'on retire un pied de la glaise. J'ouvrais les yeux, j'étais étendu par terre, sous un tableau magnifique, mais mort... »

Simpson écoutait attentivement et d'un air troublé. Quand Magor s'arrêta, il tressauta de façon à peine perceptible et regarda autour de lui. Tout était comme avant. Le jardin en bas respirait l'obscurité ; à travers la porte vitrée on pouvait voir la salle à manger à moitié éclairée, et au fond, à travers une autre porte ouverte, le coin vivement illuminé du salon où trois silhouettes jouaient aux cartes. Quelles choses étranges avait dites Magor !...

« Vous comprenez, poursuivit-il en secouant la cendre stratifiée, un instant de plus et le tableau m'aurait aspiré pour toujours. Je serais parti dans ses profondeurs, j'aurais vécu dans son paysage, ou bien, affaibli de terreur et n'ayant la force ni de revenir dans le monde ni de m'enfoncer dans un nouveau domaine, je me serais figé, peint sur la toile, sous l'aspect de cet anachronisme dont parlait Frank. Mais, malgré le danger, je cédais encore et toujours à la tentation... Voyez-vous, mon ami, je suis amoureux des Madones ! Je me souviens de ma première passion : une Madone avec une couronne bleue du tendre Raphaël... Derrière elle, dans le lointain, deux hommes se tiennent près de colonnes et discutent tranquillement. J'ai épié leur conversation. Ils parlaient de la valeur d'un poignard... Mais la plus charmante de toutes les Madones appartient au pinceau de Bernardino Luini. Dans toutes ses œuvres on trouve le calme et la tendresse du lac au bord duquel il est né, le lac Majeur. Un maître des plus délicats... On a même créé à partir de son nom un nouvel adjectif : " *luinesco* ". Sa plus belle Madone a de longs yeux, tendrement baissés ; ses vêtements sont dans des nuances bleu vermeil, orange brumeux. Autour de son front, il y a un léger vaporeux, un voile plissé, et l'enfant roux est enveloppé dans un voile semblable. Il lève vers elle une pomme blanchâtre ; elle le regarde en baissant ses yeux tendres, allongés... Les yeux de Luini... Mon Dieu, comme je les ai embrassés... »

Magor se tut et un sourire rêveur remua ses lèvres fines éclairées par le feu du cigare. Simpson retint sa respiration ; il avait l'impression, comme tout à l'heure, de voguer lentement dans la nuit.

« Il m'est arrivé des désagréments, continua Magor après avoir toussé. J'ai eu les reins très malades après avoir bu un bol de cidre fort que m'avait offert un jour une bacchante replète de Rubens, et sur la patinoire jaune et embrumée d'un des Hollandais je me suis tant enrhumé que j'ai toussé et craché des glaires tout un mois. Voilà ce qui arrive, monsieur Simpson. »

Magor fit grincer son fauteuil, il se leva et réajusta son gilet.

« J'en ai trop dit, remarqua-t-il sèchement. Il est temps d'aller se coucher. Dieu sait combien de temps ils vont encore taper le carton. J'y vais. Bonne nuit... »

Il traversa la salle à manger en direction du salon et, ayant fait un signe de tête en passant aux joueurs, il disparut dans les ombres lointaines. Simpson resta seul sur sa balustrade. La voix aiguë de Magor résonnait dans ses oreilles. Une merveilleuse nuit étoilée parvenait jusqu'au balcon, les masses veloutées des arbres noirs étaient immobiles. A travers la porte, au-delà d'un rai d'ombre, il voyait une lampe rose dans le salon, une table, les visages maquillés de lumière des joueurs. Le colonel se leva. Frank également. De loin, comme au téléphone, lui parvint la voix du colonel :

« Je suis un vieil homme, je me couche tôt. Bonne nuit, madame Magor... »

Et la voix rieuse de Maureen :

« J'y vais tout de suite également. Sinon mon mari va se fâcher... »

Simpson entendit la porte du fond se fermer derrière le colonel, et alors une chose incroyable se produisit. Depuis l'obscurité où il se trouvait, il vit Maureen et Frank qui étaient restés seuls, là-bas, au loin, dans un abîme de lumière tendre, glisser l'un vers l'autre, Maureen renverser la tête et la renversant de plus en plus sous le baiser long et vigoureux de Frank. Ensuite, après avoir repris la fourrure qui était tombée et avoir ébouriffé les cheveux de Frank, elle disparut dans le fond après avoir mollement claqué la porte. Frank, souriant, plaqua ses cheveux, fourra les mains dans ses poches et traversa le salon pour se diriger vers le balcon en sifflotant doucement. Simpson était tellement étonné qu'il s'était figé, les doigts accrochés sur la balustrade et il regardait avec terreur s'approcher à travers le reflet des carreaux une échancrure blanche, une épaule noire. Frank, après être arrivé sur le balcon et avoir aperçu dans l'obscurité la silhouette de son ami, sursauta presque et se mordit les lèvres.

Simpson descendit maladroitement de la balustrade. Ses jambes tremblaient. Il fit un effort héroïque :

« La nuit est splendide. Je discutais avec Magor. »

Frank dit calmement :

« Il raconte beaucoup de mensonges, Magor. D'ailleurs, quand il divorcera, il ne sera pas inutile de l'écouter.

— Oui, c'est très curieux..., confirma mollement Simpson.

— C'est la Grande Ourse », dit Frank qui bâilla la bouche fermée. Puis il ajouta d'une voix neutre :

« Je sais, bien entendu, que tu es un parfait gentleman, Simpson. »

Le matin, il y eut de la bruine, une petite pluie tiède scintilla, s'étira en fils pâles sur le fond sombre des frondaisons profondes. Ils ne furent que trois à venir au petit déjeuner : d'abord le colonel et Simpson, pâle et éteint, puis Frank, frais, propre, rasé, la peau lustrée, avec un sourire ingénu sur ses lèvres trop fines.

Le colonel n'était vraiment pas de bonne humeur : la veille, pendant la partie de bridge, il avait remarqué quelque chose, à savoir qu'en se penchant rapidement sous la table pour chercher une carte tombée, il avait remarqué le genou de Frank serré contre le genou de Maureen. Il fallait que cela cesse immédiatement. Le colonel subodorait depuis un certain temps que quelque chose n'allait pas. Ce n'était pas pour rien que Frank s'était précipité à Rome où les Magor passaient toujours le printemps. Que son fils fasse ce qu'il veut, soit, mais là, dans sa maison, dans le château familial, admettre que... non, il fallait tout de suite prendre les mesures les plus radicales.

Le mécontentement du colonel avait une influence désastreuse sur Simpson. Il avait l'impression que sa présence était pénible au maître de céans et il ne savait pas de quoi parler. Seul Frank, tranquillement joyeux comme toujours, laissait voir ses dents éclatantes, mordait savoureusement dans les tartines chaudes de pain grillé recouvertes de marmelade d'orange.

Quand on eut fini de boire le café, le colonel alluma sa pipe et se leva.

« Tu voulais voir la nouvelle voiture, Frank ? Allons au garage ! Avec cette pluie, il est de toute façon impossible de faire quoi que ce soit... »

Puis, ayant senti que le pauvre Simpson était moralement entre deux chaises, le colonel ajouta :

« J'ai ici quelques bons livres, mon cher Simpson. Si vous le souhaitez... »

Simpson eut un soubresaut et tira d'une étagère un gros volume rouge : c'était le *Messager vétérinaire* de 1895.

« J'ai deux mots à te dire », commença le colonel quand Frank et lui furent affublés de mackintoshs craquants, et ils sortirent dans le brouillard pluvieux.

Frank jeta un rapide coup d'œil sur son père.

« Comment lui dire... » songea le colonel en tirant sur sa pipe. « Écoute ! Frank, finit-il par se décider, alors que le gravier humide craquait encore plus bruyamment sous ses semelles, j'ai appris, peu importe comment, ou bien, pour parler plus simplement, j'ai remarqué que... Hé, que diable ! Eh bien voilà, Frank, quelles sont tes relations avec la femme de Magor ? »

Frank répondit doucement et froidement :

« J'aurais préféré ne pas en parler avec toi, père. » Mais en son for intérieur il pensa hargneusement : « Tu parles d'un cochon, il m'a dénoncé ! »

« Bien entendu, je ne peux rien exiger », reprit le colonel qui resta court. Au tennis, au premier coup raté, il savait encore se contenir.

« Il serait bon de réparer cette passerelle, remarqua Frank en frappant son talon contre une poutre pourrie.

— Au diable la passerelle ! » dit le colonel. C'était le deuxième raté, et un triangle de veines coléreuses se gonfla sur son front.

Le chauffeur, qui faisait cliqueter des seaux près de la porte du garage, ôta sa casquette à carreaux en voyant son maître. C'était un petit homme ramassé, avec une moustache taillée.

« Bonjour, *sir* », dit-il mollement et il écarta de l'épaule un battant de la porte. Dans la pénombre, d'où parvenaient des odeurs d'essence et de cuir, reluisait une immense Rolls Royce noire, absolument neuve.

« Allons maintenant dans le parc ! » dit d'une voix sourde le colonel, après que Frank eut examiné à satiété les cylindres et les leviers.

La première chose qui se passa dans le parc fut qu'une grosse goutte froide tomba d'une branche derrière le col du colonel. Cette goutte, en fait, fit déborder le vase. Il mâcha les mots comme pour les essayer, et soudain, il explosa :

« Je te préviens, Frank, je n'admettrai pas la moindre aventure chez moi dans le genre roman français. De plus, Magor est mon ami, tu comprends cela, oui ou non ? »

Frank souleva la raquette oubliée la veille sur le banc par Simpson. L'humidité l'avait transformée en un huit. « Quelle ordure ! » songea Frank avec dégoût. Les paroles de son père résonnaient comme un grondement écrasant :

« Je ne le tolérerai pas, dit-il. Si tu ne peux te conduire correctement, va-t'en ! Je suis mécontent de toi, Frank, je suis terriblement mécontent. Il y a en toi quelque chose que je ne comprends pas. A l'université, tu as fait de mauvaises études. En Italie, tu as fait Dieu sait quoi ! On dit que tu fais de la peinture. Je ne suis sans doute pas digne que tu me montres tes croûtes. Oui, des croûtes ! Je m'imagine... Un génie, voyez-vous ! Car tu te considères sans doute comme un génie ? Ou plutôt comme un futuriste. Et voilà des romans, maintenant... Bref, si tu... »

A ce moment, le colonel s'aperçut que Frank sifflotait doucement et nonchalamment entre ses dents. Il s'arrêta et écarquilla les yeux.

Frank jeta comme un boomerang la raquette tordue dans des buissons, il sourit et dit :

« Ce sont des vétilles, père. Dans un livre où l'on décrivait la guerre d'Afghanistan, j'ai lu ce que tu as fait à l'époque et ce pour quoi tu as reçu une médaille. C'était complètement stupide, extravagant, suicidaire, mais c'était un exploit. C'est l'essentiel. Quant à tes réflexions, ce sont des vétilles. Au revoir. »

Et le colonel resta seul au milieu de l'allée, pétrifié de surprise et de colère.

4

Tout ce qui existe se caractérise par la monotonie. Nous prenons notre nourriture à des heures précises parce que les planètes, tels des trains qui ne seraient jamais en retard, partent et arrivent selon des durées précises. L'homme moyen ne peut se représenter la vie sans un horaire aussi rigoureusement établi. En revanche, un esprit joueur et sacrilège trouvera quelque amusement en réfléchissant à la façon dont les gens vivraient si une journée durait aujourd'hui dix heures, demain quatre-vingt-cinq, et après-demain quelques minutes. On peut dire a priori qu'en Angleterre une telle inconnue quant à la durée exacte de la journée à venir, conduirait avant tout à un développement extraordinaire des paris et de toutes sortes d'autres gageures fondées sur le hasard. Un homme perdrait toute sa fortune en raison du fait que la journée durerait quelques heures de plus qu'il ne le supposait la veille. Les planètes deviendraient semblables à des chevaux de course, et que d'émotions susciterait quelque Mars bai franchissant la dernière haie céleste. Les astronomes se retrouveraient dans la situation de bookmakers, le dieu Apollon serait représenté avec la casquette couleur flamme d'un jockey, et le monde deviendrait joyeusement fou.

Malheureusement, ce n'est pas ainsi que les choses se passent. L'exactitude est toujours morose, et nos calendriers, où la vie du monde est calculée à l'avance, rappellent des programmes d'examen incontournables. Bien entendu, il y a quelque chose de rassurant et d'irréfléchi dans ce système cosmique de Taylor. En revanche, comme la monotonie du monde est parfois magnifiquement, lumineusement rompue par le livre d'un génie, une comète, un crime ou même simplement une nuit blanche ! Mais nos lois, le pouls, la digestion sont strictement liés au mouvement harmonieux des étoiles et toute tentative de transgresser la règle est châtiée, dans le pire des cas par la décapitation, dans le meilleur par une migraine. D'ailleurs, le monde fut sans aucun doute créé avec de bonnes intentions et personne n'est coupable de ce que l'on s'y ennuie parfois et que la musique des sphères rappelle à certains les rengaines sans fin d'un orgue de Barbarie.

C'est cette monotonie que Simpson ressentait avec une particulière acuité. Il éprouvait une sensation de terreur à l'idée qu'aujourd'hui le déjeuner suivrait le petit déjeuner et que le dîner suivrait le thé avec une régularité inébranlable. Quand il songea que toute sa vie il en serait ainsi, il eut envie de crier, de sursauter, comme sursaute un homme qui se réveille dans son cercueil. Derrière la fenêtre le crachin ne cessait de scintiller, et parce qu'il devait rester dans la maison, ses oreilles bourdonnaient comme lorsqu'il fait chaud. Magor resta toute la journée dans l'atelier qui avait été aménagé pour lui dans la tour du château. Il travaillait à la restauration du vernis d'un petit tableau sombre peint sur bois. L'atelier sentait la colle, la térébenthine, l'ail qui sert à nettoyer un tableau des taches de graisse ; sur un petit établi, à côté d'une presse, brillaient des matras — de l'acide chlorhydrique, de l'alcool —, des lambeaux de flanelle, des éponges à gros trous, des grattoirs de toutes formes traînaient. Magor était vêtu d'une vieille blouse, il avait ses lunettes ; il avait retiré son faux col, dont le bouton quasiment de la taille d'une poignée de porte pendait juste sous la pomme d'Adam ; le cou était fin, gris, avec des papules de vieillard, et un calot noir couvrait sa calvitie. Il répandait avec ce petit mouvement circulaire des doigts, déjà bien connu du lecteur, une pincée de résine broyée, la frottait prudemment sur le tableau et le vieux vernis jauni, gratté par les particules de poudre, se transformait lui-même en poussière sèche.

Les autres habitants du château étaient assis dans le salon, le colonel tournait furieusement les pages d'un gigantesque journal, lisait à haute voix, en se rassurant lentement, quelque article très conservateur. Puis Maureen et Frank entreprirent de jouer au ping-pong : la petite balle de celluloïd volait avec un claquement triste et sonore au-dessus d'un filet vert tendu en travers d'une longue table, et Frank, bien entendu, jouait merveilleusement, ne bougeant que sa main et tournant légèrement de gauche à droite une fine raquette en bois.

Simpson traversa toutes les pièces, se mordant les lèvres et remettant en place son pince-nez. C'est ainsi qu'il entra dans la galerie. Pâle comme la mort, après avoir soigneusement fermé derrière lui la lourde porte silencieuse, il s'approcha sur la pointe des pieds de la Vénitienne de Fra Bastiano del Piombo. Elle l'accueillit de son regard mat qu'il connaissait bien et ses longs doigts s'étaient figés en allant vers la bordure de fourrure, vers les plis cerise qui tombaient. Il fut saisi par un souffle d'obscurité mielleuse, et il regarda derrière la fenêtre qui coupait le fond noir. Là, sur un bleu verdâtre s'étiraient des nuages de couleur sable : vers eux s'élevaient des rochers brisés entre lesquels tournoyait un sentier blanc, et un peu plus bas se trouvaient de vagues masures en bois, et Simpson crut voir l'espace d'un instant un point de feu allumé dans l'une d'elles. Et tandis qu'il regardait cette fenêtre aérienne, il sentit que la Vénitienne souriait ; mais après lui avoir jeté un rapide coup d'œil, il ne réussit pas à saisir ce sourire : seule la commissure droite des lèvres, mollement serrées dans l'ombre, était légèrement soulevée. Et alors quelque chose se brisa délicieusement en lui, il tomba complètement sous le charme brûlant du tableau. Il faut se souvenir qu'il était un homme au caractère maladivement exalté, qu'il ne connaissait absolument pas la vie et que sa sensibilité remplaçait en lui l'esprit. Un frisson glacé glissa le long de son dos comme la paume sèche et rapide d'une main, et il comprit aussitôt ce qu'il devait faire. Mais après avoir rapidement regardé autour de lui et vu le miroitement du parquet, la table, le vernis blanc et aveuglant des tableaux, là où tombait sur eux la lumière pluvieuse qui s'écoulait par la fenêtre, il éprouva de la honte et de la peur. Et bien que le charme précédent ait déferlé de nouveau sur lui, il savait déjà qu'il n'était guère probable qu'il puisse réaliser ce qu'une minute plus tôt il aurait accompli sans y penser.

Dévorant du regard le visage de la Vénitienne, il prit du recul et écarta soudain largement les bras. Il se cogna douloureusement le coccyx contre quelque chose ; en se retournant, il vit derrière lui la table noire. S'efforçant de ne penser à rien, il grimpa dessus et se dressa de toute sa taille en face de la Vénitienne, et écartant de nouveau les bras, il se prépara à s'envoler vers elle.

« Surprenante façon d'admirer un tableau. C'est toi qui l'as inventée ? »

C'était Frank. Il se tenait dans l'embrasure de la porte, les jambes écartées, et regardait Simpson en ricanant froidement.

Simpson fit sauvagement briller vers lui les verres de son pince-nez et chancela maladroitement, comme un somnambule qu'on dérangerait. Puis il se voûta, devint écarlate et descendit par terre avec un mouvement empoté.

Frank fronça les yeux, profondément dégoûté, et quitta la pièce sans dire mot. Simpson se précipita derrière lui.

« Ah ! s'il te plaît, je t'en prie, ne dis rien... » Frank, sans s'arrêter, sans se retourner, haussa les épaules avec mépris.

5

Le soir, la pluie cessa de façon imprévue. Quelqu'un s'était brusquement ravisé et avait fermé les robinets. Un coucher de soleil orange et humide trembla entre les branches, s'élargit, se refléta dans toutes les mares en même temps. Le petit Magor qui faisait grise mine fut extrait de force de la tour Il sentait la térébenthine et s'était brûlé la main avec un fer à repasser brûlant. Il enfila à contrecœur un manteau noir, releva son col et partit faire un tour avec les autres. Seul Simpson resta à la maison sous le prétexte qu'il devait absolument répondre à une lettre qui était arrivée avec la distribution du soir. En réalité, il n'y avait pas lieu de répondre à cette lettre, car elle venait du laitier de l'université qui lui demandait de payer sans tarder sa note de deux shillings et neuf pence.

Simpson resta longtemps assis dans les ténèbres qui s'épaississaient, renversé sur le dossier d'un fauteuil de cuir, la tête vide, puis il tressauta en sentant qu'il s'endormait et il se mit à penser à la façon de déguerpir au plus vite du château. Le plus simple était de dire que son père était tombé malade : comme beaucoup de gens timides, Simpson savait mentir sans ciller. Mais il était difficile de partir. Quelque chose de sombre et de délicieux le retenait. Comme les rochers s'assombrissaient en beauté dans l'ouverture de la fenêtre !... Comme il serait bon de lui embrasser l'épaule, de lui prendre de sa main gauche le panier aux fruits jaunes, de partir doucement avec elle le long de ce sentier blanc vers la nuit d'un soir vénitien !...

Et il s'aperçut de nouveau qu'il s'endormait. Il se leva et alla se laver les mains. D'en bas lui parvint le son du gong rond et discret du dîner.

De constellation en constellation, de repas en repas le monde avance comme avance ce récit. Mais sa monotonie va maintenant s'interrompre par un miracle incroyable, une aventure inouïe. Ni Magor — qui de nouveau libérait soigneusement la nudité taillée d'une pomme de ses brillants rubans écarlates — ni le colonel — qui de nouveau rougissait agréablement après quatre verres de porto, sans compter deux verres de bourgogne blanc — ne pouvaient savoir, bien entendu, quels désagréments leur apporterait la journée du lendemain. Après le repas, il y eut le bridge immuable, et le colonel remarqua avec satisfaction que Frank et Maureen ne se regardaient même pas. Magor partit travailler, et Simpson s'assit dans un coin après avoir ouvert un carton de lithographies, et il ne regarda depuis son coin que deux ou trois fois les joueurs, s'étonnant au passage de ce que Frank soit aussi froid avec lui et que Maureen soit si pâle, qu'elle ait cédé sa place à une autre... Ces pensées étaient si vides par rapport à cette divine attente, cette immense émotion qu'il essayait maintenant de tromper en examinant des gravures confuses.

Et quand ils se séparèrent, Maureen aussi lui fit un signe de tête en souriant et lui souhaita une bonne nuit ; lui, distraitement, sans se troubler, lui répondit par un sourire.

6

Cette nuit-là, à une heure passée, le vieux garde, qui avait autrefois servi de groom au père du colonel, faisait comme toujours sa petite promenade dans les allées du parc. Il savait parfaitement que sa fonction n'était qu'une pure convention, car l'endroit était exceptionnellement calme. Il se couchait invariablement à huit heures du soir, à une heure le réveil crépitait : alors le garde, un gigantesque vieillard aux respectables favoris grisonnants, sur lesquels les enfants du jardinier aimaient d'ailleurs tirer, se réveillait facilement et, après avoir allumé sa pipe, il se glissait dans la nuit. Après avoir fait une seule fois le tour du parc sombre et tranquille, il revenait dans sa chambrette et, après s'être aussitôt déshabillé et ne gardant que son impérissable tricot de corps qui allait fort bien avec ses favoris, il se recouchait et dormait cette fois jusqu'au matin.

Cette nuit-là, cependant, le vieux garde remarqua quelque chose qui lui déplut. Depuis le parc, il vit qu'une fenêtre du château était légèrement éclairée Il savait parfaitement bien que c'était la fenêtre de la pièce où étaient accrochés les tableaux précieux. Étant un vieillard extraordinairement froussard, il décida de feindre vis-à-vis de lui-même de n'avoir pas remarqué cette étrange lumière. Mais sa conscience prit le dessus : il jugea tranquillement que sa tâche consistait à voir s'il n'y avait pas de voleurs dans le parc et qu'il n'était pas tenu d'attraper les voleurs dans la maison. En ayant ainsi jugé, le vieillard revint chez lui, la conscience tranquille — il habitait une maisonnette en briques près du garage — et il s'endormit aussitôt d'un sommeil de plomb que même le grondement tonitruant de la nouvelle voiture noire n'aurait pu interrompre, si quelqu'un l'avait mise en route pour plaisanter après avoir enlevé exprès le pot d'échappement.

Ainsi, ce brave et agréable vieillard, tel un ange gardien, traverse un instant ce récit et s'éloigne bien vite vers ces régions brumeuses d'où il a été tiré par le caprice de la plume.

7

Mais quelque chose avait effectivement eu lieu au château.

Simpson s'était réveillé exactement à minuit. Il venait de s'endormir et, comme cela arrive parfois, il s'était réveillé précisément parce qu'il s'était endormi. Se soulevant sur les bras, il regarda l'obscurité. Son cœur battait fort et vite car il avait conscience que Maureen était entrée dans la pièce. Il venait de lui parler dans son sommeil fugace, il l'avait aidée à gravir le sentier cireux entre les rochers noirs, craquelés çà et là par le vernis à l'huile. L'étroite coiffe blanche, comme une feuille de papier fin, tressaillait à peine sur ses cheveux sombres à cause du souffle d'un vent suave.

Simpson, qui poussa à peine un oh ! trouva le bouton à tâtons. La lumière jaillit. Il n'y avait personne dans la pièce. Il ressentit un accès de déception cuisante, il réfléchit en hochant la tête comme un ivrogne, et ensuite, avec des gestes somnolents, il se leva de son lit, s'habilla, en faisant claquer ses lèvres avec indolence. Il était mû par la sensation trouble qu'il devait être habillé de façon stricte et élégante ; c'est pourquoi il boutonnait avec un soin endormi le gilet sur son ventre, nouait le nœud noir de sa cravate, recherchait longuement de deux doigts un petit fil inexistant sur le revers de satin de sa jaquette. Se souvenant confusément que le plus simple était de pénétrer dans la galerie depuis la rue, comme une brise légère, il se glissa dans le jardin sombre et humide par la porte-fenêtre. Les buissons noirs, comme inondés de mercure, luisaient sous les étoiles. Une chouette ululait quelque part. Simpson marchait légèrement et rapidement sur le gazon, entre les buissons détrempés, contournant l'immensité de la demeure. L'espace d'un instant, la fraîcheur de la nuit, l'éclat fixe des étoiles le dégrisèrent. Il s'arrêta, se pencha, s'effondra comme un vêtement vide sur le gazon, dans l'espace étroit compris entre un parterre de fleurs et le mur de la maison. Il sombra dans la torpeur ; d'un coup d'épaule il tenta de la repousser. Il fallait se dépêcher. Elle attendait. Il avait l'impression d'entendre son chuchotement insistant...

Il ne remarqua pas comment il s'était levé, comment il était entré, comment il avait allumé la lumière, inondant d'un éclat chaud la toile de Luciani. La Vénitienne lui faisait face de trois quarts, vivante et en relief. Ses yeux sombres, qui ne luisaient pas, le regardaient dans les yeux, le tissu rosâtre de sa chemise découpait avec une particulière douceur le charme du cou, les plis tendres sous l'oreille. Dans la commissure droite de ses lèvres serrées dans l'expectative s'était figé un tendre ricanement ; ses longs doigts, écartés deux par deux, s'étiraient vers l'épaule d'où tombaient la fourrure et le velours.

Et Simpson, après avoir profondément respiré, partit vers elle et entra sans efforts dans le tableau. Aussitôt il fut pris de tournis à cause de la fraîcheur use. Il y avait une odeur de myrte et de cire, avec une touche de citron. Il se trouvait dans une pièce nue et noire, près d'une fenêtre ouverte sur le soir, et juste à côté de lui se trouvait la véritable Maureen vénitienne, grande, charmante, tout illuminée de l'intérieur. Il comprit que le miracle s'était produit et il fut lentement attiré vers elle. La Vénitienne lui sourit du coin de l'œil, arrangea doucement sa fourrure et, ayant baissé la main dans son panier, elle lui tendit un petit citron. Sans quitter des yeux ses yeux enjoués, il prit de ses mains le fruit jaune — et dès qu'il sentit la fraîcheur dure et rugueuse de celui-ci, ainsi que la chaleur sèche de ses longs doigts, il fut emporté par une incroyable extase qui bouillonna délicieusement en lui. Il tressaillit, puis il se dirigea vers la fenêtre : là-bas, sur le sentier blanc entre les rochers marchaient des silhouettes bleues, revêtues de capuchons, portant des lanternes. Simpson examina la pièce où il se trouvait : il ne sentait d'ailleurs pas le sol sous ses pieds. Au fond, au lieu du quatrième mur, la galerie qu'il connaissait bien miroitait au loin comme de l'eau, avec l'île noire d'une table au milieu. Et une terreur soudaine le fit alors serrer le petit citron froid. Le charme avait disparu. Il tenta de regarder à gauche, vers la Vénitienne, mais il ne pouvait tourner le cou. Il était empêtré comme une mouche dans du miel ; il frissonna, se figea, il sentait son sang, sa chair, ses vêtements se transformer en peinture, se fondre dans le vernis, sécher sur la toile. Il devint une partie du tableau, il était peint dans une pose absurde à côté de la Vénitienne, et juste devant lui, avec encore plus d'évidence qu'avant, s'ouvrait la galerie, pleine de l'air terrestre et vivant que désormais il ne pourrait respirer.

8

Le lendemain matin, Magor se réveilla plus tôt que de coutume. Ses pieds nus et poilus, aux ongles pareils à des perles noires, fouillèrent à la recherche de ses chaussons et il se traîna dans le couloir vers la porte de la chambre de sa femme. Depuis plus d'un an ils n'avaient plus de liens conjugaux mais, malgré tout, chaque matin il allait chez elle pour la regarder avec une émotion impuissante se peigner et secouer vigoureusement la tête en faisant striduler le peigne sur une aile marron de ses cheveux raides. Aujourd'hui, à cette heure matinale, il vit que le lit était fait et qu'une feuille de papier était épinglée à sa tête. Magor trouva dans une poche profonde de sa robe de chambre un énorme étui à lunettes et sans les mettre, mais en les appliquant seulement contre ses yeux, il se pencha au-dessus de l'oreiller et lut ce qui était écrit sur la feuille épinglée de cette petite écriture qu'il connaissait bien. L'ayant lu, il remit soigneusement ses lunettes dans l'étui, dégrafa et plia la feuille, réfléchit un instant, puis, en traînant résolument ses pantoufles, il sortit de la pièce. Dans le couloir il se heurta au domestique qui le regarda d'un air effrayé.

« Quoi, le colonel est déjà levé ? » demanda Magor.

omestique s'empressa de répondre :

ıi, *sir*. Le colonel est dans la galerie de tableaux. Je crains, *sir*, qu'il ne soit très fâché. On m'a envoyé réveiller le jeune monsieur. »

Sans finir de l'écouter, il ferma tout en marchant sa robe de chambre gris souris et se dirigea rapidement vers la galerie. Le colonel, également en robe de chambre, d'où tombaient les extrémités tire-bouchonnées du pantalon de son pyjama rayé, faisait les cent pas le long du mur, avec ses moustaches hérissées et son visage injecté de sang pourpre était effrayant. Apercevant Magor, il s'arrêta, remua les lèvres et se redressa pour éclater :

« Eh bien, admirez ! »

Magor, qui n'avait que faire de la colère du colonel, regarda malgré tout machinalement dans la direction de sa main et vit une chose effectivement incroyable. Sur la toile de Luciani, à côté de la Vénitienne, une nouvelle figure était apparue. C'était le portrait superbe, bien que fait à la hâte, de Simpson. Fluet, vêtu d'une jaquette noire qui se détachait nettement sur le fond plus clair, les jambes étrangement tournées vers l'extérieur, il tendait les bras comme s'il était en prière, et son visage blême était déformé par une expression pitoyable et insensée.

« Ça vous plaît ? s'enquit férocement le colonel. Ce n'est pas plus mauvais que Sebastiano lui-même, n'est-ce pas ? Quel gredin ce gamin ! Il s'est vengé du bon conseil que je lui avais donné. Eh bien, on verra... »

Le domestique entra, éperdu.

« Monsieur Frank n'est pas dans sa chambre, *sir.* Et ses affaires ne sont plus là. M. Simpson n'est pas là non plus, *sir.* Il est probablement sorti faire un tour, *sir,* la matinée est si belle.

— Que cette matinée soit maudite ! tonna le colonel, que...

— Je me permets de vous faire savoir, ajouta timidement le domestique, que le chauffeur vient de me dire que la nouvelle voiture avait disparu du garage.

— Mon colonel, dit doucement Magor, je crois pouvoir vous expliquer ce qui s'est passé. »

Il regarda le domestique, et celui-ci partit sur la pointe des pieds.

« Voilà ce qui se passe, poursuivit Magor d'une voix morose, votre hypothèse selon laquelle c'est votre fils, en fait, qui a peint cette figure, est sans aucun doute juste. Mais de plus, j'en conclus, d'après le billet qui m'a été laissé, qu'il est parti à l'aube avec ma femme. »

Le colonel était britannique et gentleman. Il sentit immédiatement qu'il n'était pas correct d'exprimer sa colère en présence d'un homme qui venait d'être quitté par sa femme. C'est pourquoi il s'écarta vers la fenêtre, ravala une moitié de sa colère, expira la seconde, lissa ses moustaches et, une fois calmé, se tourna vers Magor.

« Permettez-moi, mon cher ami, dit-il poliment, de vous assurer de ma sincère, de ma très profonde sympathie et de ne pas vous faire part de la hargne que j'éprouve à l'égard du coupable de votre malheur. Mais, si je comprends bien dans quel état vous

vous trouvez, je dois, je suis obligé, mon ami, de vous demander de me rendre immédiatement un service. Votre art sauvera mon honneur. C'est aujourd'hui qu'arrive de Londres le jeune Lord Northwick qui possède, comme vous le savez, un autre tableau du même del Piombo. »

Magor acquiesça.

« Je vais apporter le matériel nécessaire, mon colonel. »

Il revint deux ou trois minutes plus tard, toujours en robe de chambre, avec un coffret en bois dans les mains. Il l'ouvrit aussitôt, sortit une bouteille d'ammoniaque, un paquet d'ouate, des chiffons, des grattoirs, et il se mit au travail. En grattant et en effaçant du vernis la figure noire et le visage blanc de Simpson, il ne pensait absolument pas à ce qu'il faisait, mais ce à quoi il pensait ne doit pas être une énigme pour le lecteur qui sait respecter le chagrin d'autrui. Une demi-heure plus tard, le portrait de Simpson était complètement effacé et la peinture fraîche qui l'avait constitué restait sur les chiffons de Magor.

« Étonnant ! dit le colonel, étonnant. Le pauvre Simpson a disparu sans laisser de traces. »

Il arrive qu'une remarque fortuite nous incite à des pensées très importantes. Il en était ainsi maintenant pour Magor qui rangeait ses outils, qui sursauta soudain et s'arrêta.

« Étrange, pensa-t-il, très étrange. Est-il possible que... »

Il regarda les chiffons maculés de peinture et soudain, fronçant étrangement les yeux, il en fit un tas et les lança par la fenêtre près de laquelle il travaillait. Puis il se passa la main sur le front, jeta un regard effrayé au colonel, lequel, comprenant différemment son émotion, essayait de ne pas le regarder, et il sortit de la galerie avec une hâte inhabituelle pour aller directement dans le jardin.

Là, sous la fenêtre, entre le mur et les rhododendrons, le jardinier, qui se frottait le crâne, se tenait au-dessus d'un homme en noir, étendu face contre terre sur le gazon. Magor s'approcha rapidement.

L'homme bougea un bras et se retourna. Puis il se dressa sur ses jambes en ricanant de façon éperdue.

« Simpson, mon Dieu ! Que vous est-il arrivé ? » demanda Magor en scrutant son visage blême.

Simpson ricana de nouveau.

« Je regrette terriblement... C'est complètement stupide... Je suis sorti faire un tour cette nuit et je me suis endormi, là, sur l'herbe. Ah ! je suis courbatu... J'ai fait un rêve monstrueux... Quelle heure est-il ? »

Le jardinier, resté seul, hocha la tête de désapprobation en regardant le gazon piétiné. Puis il se pencha et ramassa un petit citron sombre qui portait la trace de cinq doigts. Il fourra le citron dans sa poche et partit chercher le rouleau de pierre qui avait été laissé sur le court de tennis.

9

Ainsi, le fruit sec et ridé, trouvé par hasard par le jardinier, est la seule énigme de toute cette nouvelle. Le chauffeur, qui avait été envoyé à la gare, revint avec l'automobile noire et un billet que Frank avait mis dans le vide-poches au-dessus du siège.

Le colonel le lut à haute voix à Magor :

« Mon cher père, écrivait Frank, j'ai réalisé tes deux souhaits. Tu as souhaité qu'il n'y ait pas d'aventures dans ta maison : c'est pourquoi je pars en emmenant avec moi une femme sans laquelle je ne peux vivre. Tu as souhaité également que je te montre un exemple de mon art : c'est pourquoi je t'ai peint le portrait de mon ancien ami, auquel tu peux d'ailleurs transmettre que je me fiche des dénonciateurs. Je l'ai peint cette nuit, de mémoire, et si la ressemblance n'est pas parfaite, la faute en est au manque de temps, au mauvais éclairage et à ma hâte compréhensible. Ta nouvelle voiture fonctionne à merveille. Je la laisse au garage de la gare où tu la récupéreras. »

« Parfait... chuinta le colonel... Seulement j'aimerais bien savoir avec quel argent tu vas vivre. »

Magor, aussi blême qu'un embryon conservé dans l'alcool, toussa et dit :

« Je n'ai pas de raisons de vous cacher la vérité, mon colonel. Luciani n'a jamais peint votre Vénitienne. Ce n'est qu'une étonnante imitation. »

Le colonel se leva lentement.

« C'est votre fils qui l'a peinte », poursuivit Magor, et les commissures de ses lèvres se mirent soudain à trembler et à s'affaisser. « A Rome. Je lui ai fourni la toile, la peinture. Son talent m'a séduit. La moitié de la somme que vous avez payée lui est revenue. Ah ! mon Dieu. »

Le colonel regarda, en faisant jouer les muscles de ses pommettes, le mouchoir sale avec lequel Magor se frottait les yeux, et il comprit que le pauvre ne plaisantait pas.

Alors, il se retourna et regarda la Vénitienne. Son front luisait sur le fond sombre, ses longs doigts luisaient mollement, la fourrure de lynx tombait de façon charmante de l'épaule, il y avait un secret ricanement au coin de ses lèvres.

« Je suis fier de mon fils », dit tranquillement le colonel[1].

1. « Venetsianka ». Nouvelle inédite datée du 5 octobre 1924. Dactylographie des archives Nabokov de Montreux.

Le dragon

Il vivait reclus dans les ténèbres d'une profonde caverne, au cœur même d'une montagne rocheuse où il avait pour toute nourriture des chauves-souris, des rats et des moisissures. Parfois, il est vrai, quelques voyageurs retors, chercheurs de stalactites, allaient jeter un œil dans la caverne, et ce n'était pas mauvais non plus. Il trouvait également quelque plaisir à se souvenir d'un brigand qui était venu ici pour essayer de fuir la justice, et de deux chiens qu'on avait fait entrer là un jour, pour vérifier s'il ne s'agissait pas d'un passage à travers toute la montagne, jusqu'à l'autre versant. La nature alentour était sauvage, sur les rochers s'étendait çà et là une neige poreuse, des cascades grondaient en un froid tonnerre. Il y avait environ mille ans qu'il était sorti de sa coquille, et, sans doute parce que l'événement s'était produit de façon imprévue — un coup de foudre avait brisé l'œuf immense par une nuit de tempête —, le dragon s'avéra froussard et bêta. De plus, la mort de sa mère avait eu une influence considérable sur lui... Elle semait depuis longtemps la terreur dans les villages des environs, elle crachait des flammes, et le roi était furieux : des chevaliers galopaient en permanence près de son antre et elle les grignotait comme des noix. Mais un jour, ayant avalé le cuisinier bien gras du roi, elle s'endormit sur une pierre chauffée par le soleil : alors, le grand Ganon lui-même, revêtu de son armure de fer, s'approcha d'elle sur son cheval moreau, protégé par une cotte de mailles en argent. La pauvrette se cabra, à moitié endormie, après avoir enflammé ses bosses vertes et bleues, et le chevalier, s'étant soudainement approché, planta une pique fulgurante dans sa poitrine blanche et lisse : elle s'écroula et aussitôt le gros cuisinier sortit de la plaie rose sur son flanc, tenant sous le bras le cœur énorme et fumant de la dragonne.

Le jeune dragon avait tout vu, caché derrière un rocher, et depuis cette époque il ne pouvait songer aux chevaliers sans frémir. Il s'était éloigné au fin fond de la caverne, sans plus jamais mettre le nez dehors. Dix siècles passèrent ainsi, vingt années chez les dragons.

Et il fut pris soudain d'une nostalgie insupportable... Le fait est que la nourriture de la caverne, qui sentait le renfermé, provoquait dans son ventre de très cruelles angoisses, des gargouillements répugnants et des coliques. Il mit neuf ans à se décider, et au bout de dix ans sa décision fut prise. Lentement et prudemment, enroulant et redressant les anneaux de sa queue, il se faufila hors de sa caverne.

Et aussitôt il ressentit quelque chose : le printemps. Les rochers noirs brillaient, délavés par une récente averse, le soleil bouillonnait dans le déferlement d'un torrent, le gibier embaumait l'air. Et le dragon, gonflant largement ses narines brûlantes, se mit à descendre dans la vallée. En outre, son ventre satiné, blanc comme un nénuphar, touchait presque terre, des traînées pourpres saillaient sur ses flancs verts proéminents, et ses puissantes écailles se transformaient sur son dos en un feu ardent, en une crête de doubles bosses rutilantes qui s'amenuisaient vers la queue, frétillant puissamment et en souplesse. La tête était lisse, verdâtre, des bulles de bave enflammée pendaient de sa lèvre inférieure, molle et aux poils épars, et ses pattes gigantesques recouvertes d'écailles laissaient de profondes traces, des ornières en forme d'étoile. Une fois descendu dans la vallée, la première chose qu'il vit fut un train qui filait le long des versants rocheux.

Le dragon commença par se réjouir en prenant le train pour quelqu'un de sa famille avec qui il pourrait jouer ; de plus, il songea que sous la carapace brillante et dure se trouvait, semblait-il, de la viande tendre. C'est pourquoi il se lança à sa poursuite en faisant clapoter ses pieds dans un bruit sourd, mais juste au moment où il voulut happer le dernier wagon, le train s'engouffra dans un tunnel. Le dragon s'arrêta, fourra sa tête dans l'antre noir où s'était enfuie sa proie ; il lui était impossible de s'y glisser. Deux ou trois fois il éternua vers le fond, il rentra la tête dans ses épaules et il s'assit sur son arrière-train en attendant son hypothétique réapparition. Après avoir attendu un certain temps, il secoua la tête et partit plus loin. A cet instant, le train surgit de l'antre noir, il fit miroiter perfidement ses vitres et se dissimula derrière un virage. Vexé, le dragon regarda par-dessus son épaule, et, ayant relevé sa queue comme une cheminée, il poursuivit son chemin.

Le soir tombait. Une brume flottait au-dessus des champs. Les paysans qui rentraient chez eux virent l'animal gigantesque, une montagne vivante, et, abasourdis, ils se figèrent ; une petite automobile qui filait sur la route eut ses quatre pneus crevés de peur en même temps et, après avoir sursauté, elle atterrit dans le fossé. Mais le dragon avançait toujours sans remarquer quoi que ce soit : l'odeur brûlante de foules humaines concentrées lui parvenait de loin, et c'est là qu'il se précipitait. Soudain, sur l'immensité bleue du ciel nocturne s'élevèrent devant lui des cheminées d'usine noires qui montaient la garde à l'entrée de la grande ville industrielle.

Les personnages principaux de cette ville étaient au nombre de deux : le propriétaire de la manufacture de tabac Miracle et le propriétaire de la manufacture de tabac Grand Heaume. Entre eux brûlait une vieille querelle cuisante sur laquelle il serait possible d'écrire toute une épopée. Ils étaient concurrents en tout : le chatoiement des publicités, les moyens de les diffuser, les prix, les relations avec les ouvriers, mais personne ne pouvait dire à coup sûr de quel côté penchait la balance.

Lors de cette nuit mémorable, le propriétaire de la manufacture Miracle s'était beaucoup attardé dans son bureau. Sur la table à côté de lui se trouvait une liasse de nouveaux prospectus, tout frais imprimés, que des coursiers devaient placarder à l'aube dans toute la ville.

Soudain, une sonnerie retentit dans le silence de la nuit, et quelques instants plus tard entra un homme frêle et pâle, avec une verrue semblable à une teigne sur la joue droite. L'entrepreneur le connaissait : c'était le tenancier de l'auberge modèle qui se trouvait dans la banlieue et qui avait été équipée par la manufacture Miracle.

« Il est une heure, mon ami. Je ne peux justifier votre demande que par un événement d'une importance inouïe.

— C'est tout à fait le cas », dit l'aubergiste d'une voix calme, bien que sa verrue tressaillît. Et il raconta la chose suivante.

Il faisait décamper de l'auberge cinq vieux ouvriers qui étaient soûls comme des grives. Une fois dans la rue, ils avaient probablement vu une chose fort curieuse, car ils avaient tous éclaté de rire :

« Oh-oh-oh ! avait grondé la voix de l'un d'entre eux. J'ai dû boire un coup de trop, si je peux voir éveillé l'hydre de la contre-rév... »

Il n'avait pas eu le temps de terminer. Un bruit lourd et effrayant avait déferlé, quelqu'un avait poussé un cri, l'aubergiste était allé jeter un œil. Un monstre, reluisant dans l'obscurité comme une montagne détrempée, avalait quelque chose de gros, la tête rejetée en arrière, ce qui faisait apparaître sur son cou blanchâtre une succession de protubérances ; l'ayant avalé, il se lécha les babines, se balança de tout son corps et s'écroula mollement au milieu de la rue.

« Je pense qu'il somnole », dit finalement l'aubergiste qui avait arrêté de son doigt les tressautements de sa verrue.

L'entrepreneur se leva. Ses gros plombages scintillèrent comme un feu d'or inspiré. L'apparition d'un dragon vivant ne suscita en lui aucun autre sentiment que le désir passionné qui le guidait en toutes choses : vaincre l'entreprise adverse.

« Eurêka ! s'exclama-t-il. Bien, mon cher ami, y a-t-il d'autres témoins ?

— Je ne pense pas, répondit l'aubergiste. Tout le monde dormait et j'ai décidé de ne réveiller personne ; je suis venu directement vous voir. Afin d'éviter la panique. »

L'entrepreneur enfonça son chapeau.

« C'est parfait. Prenez cela ! Non, pas tout le tas, trente ou quarante feuilles ; attrapez également ce pot, oui, et le pinceau aussi. C'est ça. Maintenant, conduisez-moi ! »

Ils sortirent dans la nuit sombre et arrivèrent rapidement dans la rue tranquille au bout de laquelle, selon les paroles de l'aubergiste, le monstre était étendu. A la lumière d'un unique lampadaire jaune, ils aperçurent tout d'abord un policier qui était debout sur la tête au milieu de la chaussée. Il s'avéra par la suite qu'en accomplissant sa ronde de nuit, il s'était heurté au dragon et avait eu si peur qu'il s'était retourné et s'était pétrifié. L'entrepreneur, homme de grande taille et fort comme un gorille, le remit à l'endroit et l'appuya contre le réverbère, puis il s'approcha du dragon. Le dragon dormait, et c'était compréhensible. Les gens qu'il avait avalés étaient complètement imbibés d'alcool et avaient crevé, pleins de jus, dans sa gueule. Étant à jeun, l'ivresse était allée directement à la tête et il avait baissé les paupières dans un sourire béat. Il était allongé sur sa panse, les pattes avant repliées sous lui, et la lumière du réverbère mettait en relief les courbes brillantes de ses doubles bosses.

« Posez une échelle ! dit l'entrepreneur à l'aubergiste. Je vais moi-même les coller. »

Et, sans se presser, choisissant les endroits plats sur les flancs verts et poisseux du monstre, il se mit à badigeonner avec le pinceau la peau recouverte d'écailles pour y appliquer les vastes feuilles des prospectus. Une fois toutes les feuilles utilisées, il serra une main pleine de sous-entendus à l'audacieux aubergiste et rentra chez lui en mâchouillant un cigare.

Le matin se leva, merveilleux, un matin de printemps adouci par un voile lilas. Et soudain, une rumeur joyeuse et inquiète monta dans les rues, les portes et les cadres des fenêtres cliquetèrent, les gens se déversaient dehors, se mêlant à ceux qui riaient et se précipitaient quelque part. Là-bas, marchant nonchalamment sur l'asphalte, un dragon avançait fièrement, exactement comme s'il était vivant, entièrement tapissé de prospectus bariolés. L'un d'eux était même collé sur son crâne lisse. « Fumez uniquement des *Miracles* », proclamaient les lettres bleu et carmin qui se pavanaient sur les prospectus « Ceux qui ne fument pas mes cigarettes sont des idiots. » « Le tabac *Miracle* transforme l'air en miel. » « *Miracle...* », « *Miracle...* », « *Miracle...* » !

« C'est vraiment un miracle ! disait la foule en riant. Mais comment ça fonctionne ? Il y a une machine ou des gens ? »

Le dragon se sentait affreusement mal après cette beuverie involontaire. A cause de cet alcool dégoûtant, il était maintenant écœuré, il sentait dans tout son corps une faiblesse, et il n'était pas question pour lui de songer à prendre son petit déjeuner. De plus, il éprouvait maintenant la honte cuisante, la timidité douloureuse de celui qui se retrouve pour la première fois au milieu de la foule. A dire vrai, il avait très envie de retourner dans sa caverne, mais cela eût été plus honteux encore, et c'est pourquoi il continuait de promener son air maussade à travers la ville. Plusieurs personnes avec des affiches sur leur dos le protégeaient des curieux, des gamins qui cherchaient à passer sous son ventre blanc, à grimper sur sa crête élevée, à lui remuer la gueule. La musique jouait, les gens jetaient des regards ébahis depuis les fenêtres, le dragon était suivi par une file d'automobiles à la queue leu leu, et dans l'une d'elles se prélassait l'entrepreneur, le héros du jour.

Le dragon marchait sans regarder quiconque, troublé par cette joie incompréhensible qu'il provoquait.

Mais dans un bureau lumineux, les poings serrés, l'autre entrepreneur, propriétaire de la manufacture Grand Heaume, faisait les cent pas sur un tapis moelleux comme de la mousse. Près de la fenêtre ouverte, son amie, une petite funambule, regardait la procession.

« C'est un scandale ! » glousse l'entrepreneur, un homme chauve d'un certain âge, avec des poches bleuâtres de peau flasque sous les yeux. « La police devrait faire cesser un tel désordre... Quand a-t-il bien pu trouver le temps de fabriquer cet épouvantail ?

— Ralf ! s'écria soudain la funambule en frappant dans ses mains. Je sais ce que tu dois faire. Au cirque nous avons un numéro de " Tournoi ". Voilà... »

Elle lui exposa son plan en chuchotant d'un air excité, en écarquillant ses yeux maquillés de poupée. L'entrepreneur devint resplendissant. Un instant plus tard, il parlait déjà au téléphone avec le directeur du cirque.

« Parfait ! dit l'entrepreneur en raccrochant le téléphone. Cet épouvantail est en caoutchouc gonflé. On va voir ce qu'il en reste si on le transperce comme il faut... »

Entre-temps, le dragon avait traversé le pont, était passé près du marché, près de la cathédrale gothique qui provoqua en lui de très désagréables souvenirs, puis sur le boulevard principal, et il traversait une vaste place lorsqu'un chevalier, coupant la foule, vint soudain à sa rencontre. Le chevalier était revêtu d'une armure en fer, le mézail baissé sur son heaume, une plume de deuil sur son casque, et son cheval moreau était puissant, caparaçonné dans une cotte de mailles en argent. Des écuyers, des femmes habillées en pages, allaient à ses côtés ; sur des étendards imagés faits à la hâte, on pouvait lire · « *Grand*

Heaume », « Fumez seulement *Grand Heaume* », « *Grand Heaume* les vaincra tous ». L'écuyer du cirque qui jouait le rôle du chevalier, éperonna le cheval et serra plus fortement sa pique. Mais, on ne sait pourquoi, le cheval recula, écumant, et soudain il rua et s'affala lourdement sur son arrière-train. Le chevalier s'étala sur l'asphalte dans un tel vacarme qu'on eut l'impression d'entendre tout un service de vaisselle jeté par la fenêtre. Mais le dragon ne le voyait pas. Au premier geste du chevalier, il s'arrêta soudain, puis il tourna précipitamment, renversant au passage avec sa queue deux vieilles curieuses qui étaient sur un balcon, et, écrasant les gens éparpillés, il se mit à courir. Il sortit de la ville d'une seule traite, passa à travers champs, grimpa les versants rocheux et fila à l'intérieur de sa caverne sans fond. Là, il s'écroula à la renverse après avoir replié ses pattes et, exhibant aux voûtes sombres son ventre blanc et satiné qui tressaillait, il poussa un profond soupir et, ayant clos ses yeux étonnés, il mourut [1].

1. « Drakon ». Nouvelle inédite, écrite en novembre 1924. Dactylographie des archives Nabokov de Montreux.

Le rasoir

Ce n'est pas pour rien qu'on l'appelait au régiment le Rasoir. Cet homme avait un visage sans face. Quand ses amis pensaient à lui, ils ne pouvaient se le représenter que de profil, et ce profil était remarquable : un nez aussi pointu que l'angle d'une équerre de dessinateur, un menton aussi vigoureux qu'un coude, des cils longs et tendres comme en ont les hommes particulièrement têtus et cruels. Il se prénommait Ivanov.

Il y avait une étrange prémonition dans ce sobriquet qu'on lui avait donné autrefois. Il arrive fréquemment qu'un homme appelé Stein devienne un remarquable minéralogiste. Et le capitaine Ivanov, s'étant retrouvé à Berlin après une fuite épique et de nombreuses errances insipides, avait pris le métier auquel son lointain surnom faisait allusion : celui de barbier.

Il travaillait dans un salon de coiffure, petit mais propre, où, en dehors de lui, coiffaient et rasaient deux apprentis qui se comportaient avec un respect plein d'allégresse à l'égard du « capitaine russe » ; il y avait également le patron lui-même, un gros homme aigri, tournant la manivelle de la caisse dans un grondement argenté ; mais il y avait encore la manucure anémique et transparente qui s'était desséchée, semblait-il, à force de toucher d'innombrables doigts d'hommes, étendus à cinq exemplaires à la fois sur le petit coussin de velours posé devant elle. Ivanov travaillait très bien, mais il avait un léger handicap dans le fait qu'il parlait mal l'allemand. Il avait rapidement compris d'ailleurs comment il devait se comporter, c'est-à-dire qu'il fallait mettre après une phrase l'interrogatif « *nicht?* » et après la suivante l'interrogatif « *was?* », et ensuite de nouveau « *nicht?* » etc., l'un après l'autre. Et il était remarquable que, bien qu'il n'eût appris à couper les cheveux qu'à Berlin, ses manières fussent exactement celles des barbiers russes qui, comme l'on sait, font beaucoup jacasser leurs ciseaux dans le vide, jacassent un petit peu pour viser une première touffe qu'ils détachent, puis une seconde, et de nouveau, vite, très vite, comme par inertie, continuent d'agiter les lames en l'air. Ses collègues le respectaient justement pour ces élégantes modulations.

Des ciseaux et un rasoir sont indubitablement des armes froides, et ce frémissement métallique constant était d'une certaine façon agréable à l'âme guerrière d'Ivanov. C'était un homme rancunier et pas bête. Sa grande, sa noble et merveilleuse patrie avait été ruinée par on ne sait quel bouffon triste au nom d'un slogan rouge, et cela, il ne pouvait le pardonner. La vengeance se tapissait de temps à autre dans son âme, comme un ressort solidement comprimé.

Un jour, par un matin d'été très chaud et gris-bleu, les deux collègues d'Ivanov, profitant de ce qu'à cette heure de travail il n'y avait presque pas de clients, avaient obtenu la permission de s'absenter une petite heure, et le patron lui-même, mourant de chaleur et d'un désir qui mûrissait depuis longtemps, avait sans rien dire emmené la petite manucure, qui était prête à tout, dans l'arrière-boutique ; Ivanov, resté seul dans le salon lumineux, regarda un journal, alluma une cigarette, puis sortit tout en blanc sur le seuil pour regarder les passants.

Les gens surgissaient à côté de lui, accompagnés de leur ombre bleue qui se brisait sur le bord du trottoir et glissait sans crainte sous les roues scintillantes des automobiles qui laissaient sur l'asphalte chaud des empreintes rubanées, semblables aux arabesques entrelacées de serpents. Et soudain, un monsieur bien en chair, tout petit, vêtu d'un costume noir, avec un chapeau melon et une serviette noire sous le bras, tourna du trottoir directement vers Ivanov qui était tout blanc. Ivanov, qui fronçait les yeux à cause du soleil, le laissa entrer dans le salon de coiffure.

Le nouveau venu se refléta alors en même temps dans tous les miroirs — de profil, de trois quarts, puis sa calvitie cireuse d'où le chapeau melon noir se souleva pour se suspendre à un crochet. Et quand le monsieur tourna son visage vers les miroirs qui reluisaient au-dessus des plaques de marbre sur lesquelles des flacons déversaient des reflets d'or et de vert, Ivanov reconnut à l'instant ce visage immobile et bouffi aux yeux perçants et au gros bouton près de l'aile droite du nez.

Le monsieur s'assit devant le miroir sans dire un mot et, après avoir grommelé quelque chose, tapota un gros doigt sur sa joue malpropre, ce qui signifiait : raser. Ivanov, dans un brouillard de stupeur, l'enveloppa dans un drap, battit une mousse tiède dans un bol de porcelaine, se mit à enduire avec un blaireau les joues, le menton rond, la lèvre supérieure du monsieur, il contourna prudemment le bouton, frictionna la mousse avec l'index : il faisait tout cela machinalement, tant il était surpris d'avoir de nouveau rencontré cet homme.

Le visage du monsieur se retrouva dans un masque de mousse blanche et cotonneuse jusqu'aux yeux, ses yeux qu'il avait petits, brillants comme les rouages scintillants d'un mécanisme d'horlogerie. Ivanov ouvrit le rasoir, et quand il se mit à l'aiguiser sur le cuir, il revint soudain de sa stupeur et sentit que cet homme était en son pouvoir.

Et après s'être penché au-dessus de la calvitie cireuse, il approcha du masque de savon la lame bleue du rasoir et dit très doucement :

« Mes respects, camarade ! Y a-t-il longtemps que vous êtes arrivé de nos contrées ? Non ! je vous prie de ne pas bouger, sinon je peux immédiatement vous égorger. »

Les rouages scintillants tournaient plus vite, ils regardèrent le profil acéré d'Ivanov, ils s'arrêtèrent.

Ivanov retira avec le dos du rasoir un flocon de mousse superflu et poursuivit :

« Je me souviens fort bien de vous, camarade...

Excusez-moi, il m'est déplaisant de prononcer votre nom. Je me souviens de la façon dont vous m'avez interrogé à Kharkov, il y a environ six ans. Je me souviens de votre signature, mon cher... Mais, comme vous voyez, je suis vivant. »

Et il se produisit alors la chose suivante : les petits yeux se mirent à fureter et se fermèrent soudain hermétiquement. Cet homme fronçait des yeux comme fronçait des yeux le sauvage qui supposait qu'ainsi il était invisible.

Ivanov faisait aller tendrement son rasoir crissant sur la joue froide.

« Nous sommes complètement seuls, camarade. Vous comprenez ? Si le rasoir ne glisse pas comme il faut, il y aura aussitôt beaucoup de sang. C'est là précisément que palpite la carotide. Beaucoup de sang, vraiment beaucoup même. Mais pour cela je veux que votre visage soit rasé convenablement et, en outre, je veux vous dire quelque chose. »

Ivanov souleva prudemment de deux doigts le bout charnu de son nez et continua de raser avec une tendresse égale la lèvre supérieure.

« Voici ce dont il s'agit, camarade : je me souviens de tout, je m'en souviens parfaitement bien et je veux que vous aussi, vous vous en souveniez... »

Et à voix basse, Ivanov se mit à raconter, tout en rasant sans se presser ce visage immobile, renversé en arrière. Et ce récit était sans doute très effrayant, car sa main s'arrêtait parfois et il se penchait tout près du monsieur qui, enveloppé dans le linceul blanc qu'était le drap, était assis comme un mort, ses paupières gonflées restant fermées.

« C'est tout, dit Ivanov en soupirant. Voilà tout le récit. Qu'en pensez-vous, comment peut-on racheter tout cela ? A quoi compare-t-on un sabre aiguisé ? Et songez encore à ceci : nous sommes seuls, complètement seuls... On rase toujours les morts, poursuivit Ivanov en faisant passer de bas en haut le tranchant sur la peau tirée de son cou. On rase également les condamnés à mort. Maintenant aussi je vous rase. Vous comprenez ce qui va se passer dans un instant ? »

L'homme était assis sans bouger, sans ouvrir les yeux. Le masque de savon était maintenant parti de son visage, des traces de mousse ne restaient que sur les pommettes et près des oreilles. Ce visage replet et tendu, sans yeux, était si blême qu'Ivanov faillit se demander si l'homme n'avait pas une attaque de paralysie ; mais quand il posa à plat le rasoir sur son cou, l'homme tressauta de tout son corps. Il n'ouvrit d'ailleurs pas les yeux.

Ivanov s'empressa de lui essuyer le visage, fit cracher un jet de poudre de son pulvérisateur.

« J'en ai assez de vous, dit-il calmement. Je suis satisfait, vous pouvez partir. »

Avec une hâte méprisante, il arracha de ses épaules le drap. L'homme resta assis.

« Lève-toi ! imbécile », cria Ivanov qui le tira par la manche.

Il resta figé au milieu du salon, les yeux hermétiquement clos. Ivanov lui posa son melon sur la tête, lui fourra sa serviette sous le bras et le fit se retourner vers la porte. Ce n'est qu'à ce moment-là que l'homme bougea, son visage aux yeux fermés apparut dans tous les miroirs, il passa comme un automate le seuil de la porte qu'Ivanov tenait ouverte et, serrant dans son bras tendu et engourdi sa serviette et regardant la brume ensoleillée de la rue, de ses yeux semblables à ceux des statues grecques, il s'éloigna de la même démarche mécanique[1].

1. « Britva ». Nouvelle publiée dans *Roul* le 19 février 1926.

Un conte de Noël

Le silence tomba. Anton Goly, impitoyablement éclairé par une lampe, jeune, le visage bouffi, habillé d'une chemise russe sous sa veste noire, les yeux baissés avec crispation, se mit à rassembler les feuilles de son manuscrit qu'il avait éparpillées pendant la lecture. Son protecteur, un critique de *Réalité rouge,* regardait par terre, fouillant dans ses poches pour chercher des allumettes. L'écrivain Novodvortsev[1] se taisait lui aussi, mais son silence était différent, c'était un silence éminent. Avec son gros pince-nez, un front extrêmement haut, deux lanières de cheveux sombres et rares tirées en travers de sa calvitie, et des cheveux blancs sur ses tempes rasées de près, il était assis, les yeux fermés, comme s'il continuait d'écouter, ses grosses jambes croisées, une main coincée entre le genou d'une jambe et le creux poplité de l'autre. Ce n'était pas la première fois qu'on lui amenait des littérateurs aussi maussades et fervents issus de la paysannerie. Et ce n'était pas la

1. Littéralement « du nouveau palais »

première fois non plus que leurs nouvelles maladroites le touchaient par l'influence — que la critique n'avait pas remarquée jusqu'à présent — exercée par ses vingt-cinq années de vie littéraire, car, dans son récit, Goly reprenait, avec une certaine gaucherie, un de ses sujets, le sujet de sa nouvelle « La limite », écrite dans l'émotion et l'espoir, et publiée l'an dernier sans rien ajouter à sa gloire bien établie, mais terne.

Le critique alluma une cigarette ; Goly fourrait son manuscrit dans sa serviette sans lever les yeux, mais le maître de maison continuait de se taire, non parce qu'il ne savait quel jugement porter sur ce récit, mais parce qu'il attendait timidement et dans l'angoisse que le critique dise peut-être les mots qui étaient difficiles pour lui, Novodvortsev, de dire : le sujet, en fait, était emprunté à Novodvortsev, et c'est Novodvortsev qui lui avait inspiré cette figure d'un homme silencieux, d'une fidélité désintéressée à l'égard de son grand-père ouvrier, qui, non par l'instruction mais par une tranquille force intérieure, remporte une victoire psychologique sur le mauvais intellectuel. Mais le critique, voûté et assis au bord du canapé de cuir comme un grand oiseau triste, se taisait désespérément.

Alors, Novodvortsev comprit qu'il n'entendrait pas, aujourd'hui non plus, les paroles souhaitées, il essaya de concentrer sa pensée sur le fait que, malgré tout, c'était à lui, et non à Néviérov, qu'on avait amené cet écrivain débutant pour être jugé, puis il modifia la position de ses jambes, y glissa l'autre main, et ayant dit un « bon... » très professionnel en regardant la veine qui se gonflait sur le front de Goly, il se mit à parler doucement et d'une voix égale. Il dit que le récit était construit solidement, qu'on sentait la force du collectif au moment où les moujiks se mettaient à construire une école avec leur propre argent, que dans la description de l'amour de Piotr pour Aniouta il y avait certaines fautes de style, mais qu'on percevait l'appel du printemps, l'appel d'un désir sain, et durant tout le temps où il parla, il se souvint, on ne sait pourquoi, qu'il avait envoyé peu de temps auparavant une lettre à ce même critique, dans laquelle il rappelait qu'en janvier aurait lieu l'anniversaire de ses vingt-cinq ans d'activité littéraire, mais qu'il demandait instamment qu'on n'organise aucune festivité en raison du fait que l'Union connaissait encore des années de travail intense...

« Mais l'intellectuel n'est pas réussi chez vous, dit-il. On ne sent pas de véritable sentiment de condamnation... »

Le critique se taisait. C'était un homme roux, décharné, qui se laissait aller et souffrait, disait-on, de phtisie, mais qui, en fait, était probablement aussi robuste qu'un taureau. Il avait répondu, par écrit même, qu'il approuvait une telle décision et l'affaire en était restée là. Sans doute était-ce à titre de compensation qu'il avait amené Goly... Et Novodvortsev était soudain devenu si triste, pas vexé, mais simplement triste, qu'il était brusquement resté sans voix et s'était mis à essuyer ses lunettes avec un mouchoir, dévoilant des yeux pleins de bonté.

Le critique se leva.

« Où allez-vous, il est encore tôt... » dit Novodvortsev, mais il se leva également. Anton Goly toussa et serra sa serviette contre son flanc.

« Ce sera un écrivain, c'est ainsi », prononça le critique d'une voix indifférente en errant dans la pièce et en pointant dans l'air une cigarette éteinte. Il se pencha au-dessus de la table de travail en fredonnant d'une voix sifflante à travers ses dents, puis il marqua une pause près d'une étagère où *Le Capital* vivait dans une bonne reliure au milieu d'un Léonid Andréïev fatigué et d'un livre anonyme privé de dos ; enfin, de la même démarche inclinée, il s'approcha de la fenêtre et écarta le store bleu.

« Passez me voir ! » dit Novodvortsev à Anton Goly qui le saluait nerveusement et qui redressa ensuite bravement les épaules. « Dès que vous aurez écrit quelque chose, apportez-le-moi !

— Il est tombé une masse de neige, dit le critique en abaissant le store. Aujourd'hui, d'ailleurs, c'est la veille de Noël. »

Il se mit à chercher nonchalamment son manteau et son chapeau.

« Au temps jadis, vos confrères composaient, pour la circonstance, de petites chroniques de Noël...

— Cela ne m'est pas arrivé », dit Novodvortsev.

Le critique ricana.

« Dommage. Vous devriez écrire un conte de Noël. Actuel. »

Anton Goly toussa dans son poing.

« Mais chez nous... » dit il d'une voix de basse rauque, et il se dégagea de nouveau la gorge.

« Je parle sérieusement, poursuivit le critique en enfilant son manteau. On peut le construire très habilement. Merci... Il est déjà...

— Mais chez nous, dit Anton Goly, voilà ce qui s'est passé. Un instituteur a eu l'idée de faire un sapin de Noël pour les enfants durant les fêtes. Il a accroché au sommet une étoile rouge.

— Non, ça ne va pas tout à fait, dit le critique. Dans un petit conte ce serait assez primaire. Il est possible de poser le problème de façon plus incisive. La lutte de deux mondes. Le tout sur un fond de neige.

— D'une manière générale il faut se tourner vers les symboles avec précaution, dit Novodvortsev d'un air maussade. J'ai un voisin, par exemple, un homme tout ce qu'il y a de plus honnête, membre du parti, militant... Mais malgré tout il s'exprime ainsi : *le Golgotha du prolétariat...* »

Quand les invités furent partis, il s'assit à sa table et se frotta l'oreille avec sa grosse main blanche. Il y avait près de l'encrier une espèce de verre carré où trois objets étaient fichés dans du caviar de verre bleu. Cet objet avait une dizaine, une quinzaine d'années ; il avait traversé toutes les tempêtes, les mondes autour de lui avaient été ébranlés, mais pas une seule bille de verre n'avait été perdue. Il choisit une plume, approcha une feuille de papier, mit en dessous quelques autres feuilles afin d'écrire plus moelleusement...

« Mais sur quoi ? » dit Novodvortsev à haute voix, et il écarta la chaise avec sa cuisse et se mit à marcher dans la pièce. Son oreille gauche bourdonnait de façon insupportable.

« Cet animal l'a dit exprès », songea-t-il et, comme s'il refaisait à son tour le chemin que le critique venait d'effectuer dans la pièce, il alla vers la fenêtre.

« Il me donne des conseils... Quel ton outrageant... Il pense probablement que je n'ai plus d'originalité... Je vais lui bâcler un conte de Noël pour de bon... Ensuite il s'en souviendra lui-même, dans la presse : je passe un jour chez lui et là, entre autres, je lui dis : “ Vous devriez dépeindre, Dmitri Dmitrievitch, la lutte de l'ancien et du nouveau sur un fond de neige de Noël, entre guillemets. Vous devriez poursuivre jusqu'au bout cette ligne que vous avez si bien tracée dans ‘La Limite’ : vous vous souvenez du rêve de Toumanov ? C'est cette ligne-là... Et la nuit même est née l'œuvre, que... ” »

La fenêtre donnait sur la cour. On ne voyait pas la lune... Non, d'ailleurs, une cheminée sombre reluisait là-bas. Du bois était entassé dans la cour, recouvert d'un tapis lumineux de neige. Dans une fenêtre brûlait l'abat-jour vert d'une lampe, quelqu'un travaillait à une table ; un boulier brillait comme de la verroterie. Quelques paquets de neige tombèrent soudain du bord du toit sans le moindre bruit. Et de nouveau — la torpeur.

Il ressentit ce vide qui le titillait et qui accompagnait toujours chez lui le désir d'écrire. Dans ce vide quelque chose prenait forme, grandissait. Un Noël — actuel, particulier. Cette vieille neige et le conflit actuel...

Derrière le mur il entendit des claquements de pas prudents. C'était le voisin qui rentrait chez lui, modeste, poli, communiste jusqu'à la moelle. Avec un sentiment d'enchantement sans objet, d'attente suave, Novodvortsev s'assit de nouveau à sa table. L'esprit, les tonalités de l'œuvre en gestation étaient déjà là. Il ne restait qu'à créer le squelette : le sujet. Le sapin : voilà par quoi il fallait commencer. Il songea que probablement dans certaines maisons, des ci-devant effarouchés, hargneux, condamnés (il se les représentait si clairement...) décoraient de bouts de papier un sapin coupé en secret dans la forêt. On ne pouvait trouver nulle part maintenant ces oripeaux, on n'abattait plus de sapins pour les mettre à l'ombre de la cathédrale Saint-Isaac...

Un claquement doux, comme enveloppé dans un tissu. La porte s'ouvrit d'un *verchok*[1]. Délicatement, sans passer sa tête, le voisin dit :

« Puis-je vous demander une plume. Émoussée, si possible. »

Novodvortsev en donna une.

« Avec mes remerciements », dit le voisin qui ferma tout doucement la porte.

Cette interruption sans importance avait affaibli l'image qui mûrissait déjà. Il se souvint que dans « La Limite », Toumanov regrettait la magnificence des fêtes d'autrefois. Il ne serait pas bon de ne faire

1. Ancienne mesure russe : 4,4 cm.

qu'une redite. Un autre souvenir lui traversa aussi l'esprit, mal à propos. Il n'y a pas longtemps, dans une soirée, une petite dame avait dit à son mari : « Tu ressembles beaucoup à Toumanov. » Durant quelques jours il avait été très heureux. Il avait fait par la suite connaissance de cette petite dame, et il se trouva que le Toumanov en question était le fiancé de sa sœur. Et ce n'était pas la première illusion. Un critique lui avait dit qu'il écrirait un article sur le « toumanovisme ». Il y avait quelque chose d'infiniment flatteur dans ce mot qui commençait par une minuscule. Mais le critique était parti dans le Caucase étudier les poètes géorgiens. C'était tout de même agréable. On pouvait faire l'énumération suivante, par exemple : Gorki, Novodvortsev, Tchirikov...

Dans l'autobiographie accompagnant ses œuvres complètes (six volumes, avec un portrait), il montrait avec quelles difficultés il s'était frayé son chemin dans le monde, lui, un fils de parents simples. En réalité, il avait eu une jeunesse heureuse; bien solide, avec des espérances et des succès. Il y a vingt-cinq ans, sa première nouvelle avait paru dans une grosse revue. Korolenko l'avait aimée. Il avait été arrêté plusieurs fois. A cause de lui on avait interdit un journal. Maintenant ses espoirs de citoyen s'étaient réalisés. Parmi les jeunes, parmi les nouveaux, il se sentait à l'aise, libre. La nouvelle vie lui était profitable et à sa dimension. Six volumes. Un nom célèbre. Mais une gloire terne, si terne...

Il reglissa vers l'image du sapin... et soudain, sans rime ni raison, il se souvint du salon de la maison d'un marchand, un grand livre d'articles et de poèmes, doré sur tranche (au profit de ceux qui ont faim), lié d'une certaine façon à cette maison, le sapin dans le salon, une femme qu'il aimait à l'époque, et la façon dont tous les feux du sapin se reflétaient en un tremblement cristallin dans ses yeux grands ouverts quand elle avait détaché une mandarine d'une haute branche. Cela remontait à une vingtaine d'années, voire plus... Mais comme les détails reviennent à la mémoire...

Il se détourna avec dépit de ce souvenir et s'imagina de nouveau, comme toujours, des sapins misérables que l'on était certainement en train de décorer à l'heure présente... On ne fait pas une nouvelle avec cela ; mais on peut d'ailleurs exacerber la chose... Des émigrés pleurent autour d'un sapin ; ils se sont fagotés de costumes qui sentent la naphtaline, ils regardent le sapin et ils pleurent. Quelque part à Paris. Un vieux général se souvient de la façon dont il cognait bigrement, et il découpe un ange dans du carton doré... Il a songé à un général qu'il connaissait effectivement, qui était effectivement à l'étranger maintenant ; et il ne pouvait aucunement se le représenter en train de pleurer agenouillé devant un sapin...

« Mais je tiens le bon bout », dit à haute voix Novodvortsev en poursuivant impatiemment une idée qui s'échappait. Et il se mit à songer à quelque chose de nouveau, d'imprévu. Une ville européenne, des gens repus dans des manteaux de fourrure. Une vitrine illuminée. Derrière la vitre, un immense sapin avec autour des jambons étalés par terre ; et sur les branches des fruits précieux. Symbole de la satisfaction. Et devant la vitrine, sur le trottoir glacial...

Et avec une émotion solennelle, sentant qu'il avait trouvé ce qu'il lui fallait, ce qui était unique, qu'il écrirait quelque chose d'étonnant, qu'il représenterait comme personne le conflit de deux classes, de deux mondes, il se mit à écrire. Il écrivait sur le sapin opulent, honteusement illuminé dans la vitrine, et sur l'ouvrier affamé, victime d'un lock-out, qui jette sur le sapin un regard dur et lourd.

« Le sapin insolent, écrivit Novodvortsev, resplendissait de tous les feux de l'arc-en-ciel[1]. »

1. « Rojdestvienski rasskaz ». Nouvelle parue dans *Roul* le 25 décembre 1928.

PREMIÈRE PARTIE

DEUXIÈME PARTIE

DU MÊME AUTEUR

CHAMBRE OBSCURE *(Camera Obscura), roman,* Grasset, 1934, 1959.

RIRE DANS LA NUIT *(Laughter in the Dark),* nouvelle édition, Grasset, 1992.

LA COURSE DU FOU *(The Defense), roman,* Fayard, 1934, repris sous le titre LA DÉFENSE LOUJINE, nouvelle traduction, Gallimard, 1964 et 1991.

L'AGUET *(The Eye), roman,* Fayard, 1935, repris sous le titre LE GUETTEUR, nouvelle traduction, Gallimard, 1968.

LA MÉPRISE *(Despair), roman,* Gallimard, 1939, 1959.

LA VRAIE VIE DE SEBASTIAN KNIGHT *(The Real Life of Sebastian Knight), roman,* Albin Michel, 1951, Gallimard, 1962.

NICOLAS GOGOL *(Nikolaï Gogol), essai,* La Table Ronde, 1953, nouvelle traduction, Rivages, 1988.

LOLITA *(Lolita), roman,* Gallimard, 1959.

INVITATION AU SUPPLICE *(Invitation to a Beheading), roman,* Gallimard, 1960.

AUTRES RIVAGES *(Speak, Memory), souvenirs,* Gallimard, 1961, édition revue et augmentée, 1989.

PNINE *(Pnin), roman,* Gallimard, 1962.

FEU PÂLE *(Pale Fire), roman,* Gallimard, 1965.

LE DON *(The Gift), roman,* Gallimard, 1967.

ROI, DAME, VALET *(King, Queen, Knave), roman,* Gallimard, 1971.

ADA OU L'ARDEUR *(Ada or Ardor : a Family Chronicle), roman,* Fayard, 1975.

L'EXTERMINATION DES TYRANS *(Tyrants Destroyed and Other Stories), nouvelles,* Julliard, 1977.

REGARDE, REGARDE LES ARLEQUINS ! *(Look at the Harlequins !), roman,* Fayard, 1978.

BRISURE À SENESTRE *(Bend Sinister), roman,* Julliard, 1978.

LA TRANSPARENCE DES CHOSES *(Transparent Things), roman,* Fayard, 1979.

UNE BEAUTÉ RUSSE *(A Russian Beauty), nouvelles,* Julliard, 1980.

L'EXPLOIT *(Glory), roman,* Julliard, 1981.

MACHENKA *(Mary), roman,* Fayard, 1981.

MADEMOISELLE O *(Nabokov's Dozen), nouvelles,* Julliard, 1983.

LITTÉRATURES I *(Lectures on Literature), essais,* Fayard, 1983.

LITTÉRATURES II *(Lectures on Russian Literature), essais,* Fayard, 1985.

DÉTAILS D'UN COUCHER DE SOLEIL *(Details of a Sunset), nouvelles,* Julliard, 1985.

INTRANSIGEANCES *(Strong Opinions), interviews,* Julliard, 1985.

LITTÉRATURES III *(Lectures on Don Quixote), essais,* Fayard, 1986.

L'ENCHANTEUR *(The Enchanter), roman,* Rivages, 1986.

L'HOMME DE L'U.R.S.S. ET AUTRES PIÈCES *(The Man From the U.S.S.R.), théâtre,* Fayard, 1987.

CORRESPONDANCE NABOKOV-WILSON, 1940-1971 *(The Nabokov-Wilson Letters, 1940-1971),* Rivages, 1988.

LETTRES CHOISIES 1940-1970, Gallimard, 1992.

Composition Bussière
et impression Bussière Camedan Imprimeries
à Saint-Amand (Cher), le 2 juin 1999.
Dépôt légal : juin 1999.
1er dépôt légal dans la collection : mai 1993.
Numéro d'imprimeur : 992556/1.
ISBN 2-07-038624-4./Imprimé en France.

90510